아빠의
수정 돌

아빠의 수정 돌
ⓒ 2010 글 김진경·그림 김재홍

초판인쇄 2010년 6월 23일 | 초판발행 2010년 6월 30일

지은이 김진경 | 그린이 김재홍 | 펴낸이 강병선
책임편집 홍지희 | 편집 조소정 이복희 | 디자인 이은혜
마케팅 장으뜸 서유경 정소영 | 온라인 마케팅 이상혁 한민아
제작 안정숙 서동관 김애진 | 제작처 영신사

펴낸곳 (주)문학동네 | 출판등록 1993년 10월 22일 제406-2003-000045호
주소 413-756 경기도 파주시 교하읍 문발리 파주출판도시 513-8
전자우편 kids@munhak.com | 홈페이지 www.munhak.com
카페 cafe.naver.com/kidsmunhak
대표전화 (031)955-8888 | 팩스 (031)955-8855
문의전화 (031)955-8890(마케팅) (031)955-2692(편집)

ISBN 978-89-546-1153-4 73810

이 도서의 국립중앙도서관 출판시도서목록(CIP)은 e-CIP 홈페이지(http://www.nl.go.kr/ecip)에서
이용하실 수 있습니다.(CIP제어번호 : CIP2010002238)

아빠의
수정 돌

김진경 글 | 김재홍 그림

문학동네

차례

아빠의 수정 돌

자라나는 돌

    아빠는 웬일인지 앞마당에 우북하게 자라난 개망초며 쑥을 놔두고 뒤꼍으로 갔다. 뒤꼍 풀부터 뽑는 것이려니 하고 나도 따라갔다. 그런데 아빠는 엉뚱하게도 장독대 밑을 가리키며 호미를 건네줬다.

    "종인아, 여기 좀 파 봐라."

    "왜요?"

    나는 눈을 동그랗게 뜨고 아빠를 쳐다보았다.

    "글쎄 한번 파 봐."

    "무슨 보물이라도 묻어 놨어요?"

"보물? 글쎄, 보물이라면 보물이라고 할 수도 있지."

무엇이 묻혀 있을까? 나는 궁금증이 잔뜩 생겨 호미로 땅을 파헤쳤다. 호미질을 몇 번 하자 무언가 호미 끝에 부딪쳤다. 나는 가슴이 두근거렸다. 해적이 묻어 놓은 보물 상자 같은 게 얼핏 머리를 스치고 지나갔다. 에이, 말도 안 돼. 나는 속으로 중얼거리며 조심스럽게 주위의 흙을 긁어냈다. 갓난아이 머리만 한 차돌이 나왔다.

"에이, 이게 무슨 보물이에요?"

나는 입을 쑥 내밀며 아빠를 쳐다보았다.

"잘 들여다봐."

나는 돌을 이리저리 돌려 가며 들여다보았다. 한쪽에 새끼손가락 손톱만 한 수정이 오톨도톨 돋아 있었다.

"와, 수정 돌이네! 수정 동굴도 있어요."

동굴처럼 움푹 파인 구멍 안쪽에도 조그만 수정들이 작은 사마귀처럼 돋아 있었다. 이 돌이 산만 해진다면 이 구멍은 수정 동굴이 될 거다. 그러면 멋진 탐험을 할 수도 있을 텐데.

"그 옆에도 파 봐라."

나는 아빠가 가리키는 곳을 계속 팠다. 태어나서 처음 해 보는 호미질이라 손바닥이 화끈거렸지만 수정 돌이 또 있을 거란 생각에 신이 났다. 주먹만 한 차돌 두 개가 더 나왔다. 둘 다 새끼손가락 한 마디 정도 크기의 수정이 박혀 있었다.

"와, 이건 더 크네. 그런데 아빠, 이걸 왜 여기 묻어 났어요?"

"수정이 더 크게 자라라고 심어 놓은 거지. 아빠가 너보다 더 어릴 때 심은 거야. 그땐 빨리 자라라고 아침저녁으로 물도 많이 줬는데……. 어디 좀 보자."

아빠는 수정 돌을 받아 꼼꼼히 들여다보았다.

"그동안 많이 자랐네. 하기는 삼십 년이나 지났으니까……. 수정이 아무리 천천히 자라도 이만큼은 클 수 있지."

아빠가 빙긋이 웃으며 수정 돌을 다시 건네주었다.

"에이, 아빠 거짓말. 돌이 살아 있는 것도 아닌데 어떻게 커져요?"

"아니야. 이거 봐."

아빠는 주머니에서 주먹만 한 차돌을 꺼냈다. 그 차돌에는 아빠 엄지손가락보다도 더 큰 수정이 박혀 있었다.

"이게 아빠가 여기 심어서 제일 크게 키운 수정이야."

나는 눈을 동그랗게 떴다. 거짓말인 줄 알면서도 마음 한구석에서는 진짜일지도 모른다는 생각이 뭉게뭉게 피어났다.

"에이 아빠, 거짓말이죠? 그런 얘기는 책에도 안 나오고 선생님도 얘기해 준 적 없는데요?"

나는 아빠의 눈을 빤히 들여다보았다.

"아, 이 녀석아. 아빠가 땅속의 돌을 연구하는 사람이잖아. 돌이 자라는지 안 자라는지 아빠보다 더 잘 아는 사람이 어디 있니?"

아빠가 진지한 표정으로 말했다. 그러니까 정말 같다. 아빠는 연구소에 나간다. 광물자원을 연구하는 곳이라고 한다. 아빠가 공부하는 방에는 이런저런 돌들이 굉장히 많이 있다.

"나도 한번 볼래요."

나는 아빠에게서 큰 수정 돌을 받아 들여다보았다. 수정이 정말 크고 투명했다. 아이들에게 보여 주면 눈을 동그랗게 뜨며 신기해할 것 같았다.

"아빠, 이거 나 가지면 안 돼요?"

"안 돼, 자기가 키운 돌은 다른 사람 주는 거 아니야. 저 풀들 다 베고 나면 개울에 가자. 잘 찾아보면 거기에 수정 돌이

있을 거야. 너도 가져다 심어라. 그중에 이놈처럼 빨리 자라는 돌도 있을 거야."

아빠가 말하며 수정 돌을 도로 가져갔다. 나는 아빠가 좀 치사하다는 생각이 들어 입을 삐쭉 내밀었다.

아빠는 괭이로 마당의 풀들을 뽑아냈다. 나는 별 도움이 되지 않는데도 호미를 놓지 않았다. 혹시 아빠가 가지고 있는 것처럼 큰 수정 돌을 찾을지도 모르니까. 이 집에서는 아빠와 작은아빠, 고모가 자랐다. 그러니까 작은아빠나 고모가 심어 놓은 수정 돌이 있을지도 모른다. 그중에는 아빠의 수정 돌처럼 빨리 자란 것도 있을지 모르고.

"너 수정 돌 찾고 있는 거니?"

아빠는 어느새 마당의 풀을 다 뽑고 감나무 그늘에서 땀을 식히고 있었다.

"아니에요. 풀 뽑는 거예요."

"풀 뽑는다는 녀석이 마당 구석만 그렇게 파고 다녀? 벌써 풀 다 뽑은 자리를. 거기는 수정 돌 같은 거 없어. 아까 그 장독대 밑의 수정 돌이 전부야. 내가 네 작은아빠랑 고모랑 같이 심어 놓은 거지."

아빠가 쪼그리고 앉아 있는 나를 빙글거리며 바라보았다.

"에이……."

나는 뒷머리를 긁으며 자리에서 일어섰다.

"개울에나 가자. 마루에서 수건 좀 가져오고."

개울은 할머니 집에서 가깝다. 밭둑 하나를 지나면 둑길이고, 둑길에서 내려가면 강이라고 부르기는 뭐하지만 꽤 큰 내가 나온다.

"사람이 안 살면 집이 금방 망가져."

아빠가 둑길로 올라서면서 문득 집 쪽을 돌아보았다. 나지막한 돌담 위로 솟은 슬레이트 지붕이 무척 낡았다. 방 두 개, 부엌 하나가 딸린 아주 작은 집이다. 저렇게 작은 집에서 어떻게 아빠와 작은아빠, 고모가 같이 컸는지 신기하다.

　아빠는 세수를 하다가 아예 머리까지 감았다. 늦봄이라 그 런지 햇볕이 따갑고 좀 더웠다. 나는 세수를 하는 둥 마는 둥 하고 수정 돌을 찾아 나섰다. 돌들이 햇볕에 따뜻하게 데워져 만지기 좋았다.

　한참 정신없이 수정 돌을 찾다가 아빠 쪽을 힐끗 돌아보았 다. 아빠는 개울 건너를 보며 담배를 피우고 있었다. 개울 건너 편에 핀 붉은 꽃을 보고 있는 모양이었다. 아빠는 그 꽃이 영산 홍이라고 했다.

　"수정 돌은 찾았니?"

"예. 그런데 무지 커요."

"얼마나 큰데?"

"축구공 두 개를 합한 정도요."

나는 큰 돌이 있는 데로 아빠를 데리고 갔다.

"어이구, 이걸 어떻게 들고 가냐? 이건 그냥 여기 두자."

"안 돼요. 이 돌에 아주 깊은 수정 동굴이 있어요. 그리고 돌이 이렇게 커야 수정도 크게 자랄 거 아니에요."

"수정의 크기는 돌의 크기하고 상관이 없어. 봐라, 이 돌은 주먹만 한 크기지만 이렇게 큰 수정이 달려 있잖니."

아빠는 또 엄지손가락만 한 수정이 박힌 돌을 꺼내 보였다.

"그럼 이 돌 안 가져가는 대신 그 수정 돌 나 주세요."

나는 침을 꼴깍 삼키며 아빠를 올려다보았다.

"안 돼."

아빠에게 한참 떼를 쓰고 있는데 종아리가 따끔했다.

"아야!"

개울 건너편을 보니 여자애가 물수제비를 뜨고 있었다. 4학년쯤 돼 보였다. 납작한 돌이 물 위를 몇 번 튀어 올라 개울 이

편까지 날아왔다.

여자애가 무어라고 소리치며 손을 흔들었다. 미안하다고 하는 것 같았다. 아니면 아빠에게 인사하는 건지도 모르고.

"아빠 아는 애예요?"

"아니. 그냥 이 동네 사는 애겠지."

"전엔 이 동네에 내 또래 애가 없었는데."

나는 고개를 갸웃거렸다.

"할머니 할아버지하고 사는 아이인가 보다. 사정이 있겠지……."

아빠가 말끝을 흐렸다.

여자애는 신발을 벗어 든 채 물을 건너오고 있었다. 돌에 이끼가 끼어 미끄러운지 자꾸 비틀거렸다.

"마침 잘됐구나. 아빠는 가서 불 때고 있을 테니 같이 놀다 와."

아빠는 여자애를 향해 손을 흔들어 보였다. 그러고는 휘적휘적 둑 위로 올라갔다.

"뭐 하고 있니?"

손에 들고 있던 신발을 내려놓으며 여자애가 물었다.

"수정 돌 찾고 있어."

"수정 돌은 왜?"

여자애가 나를 빤히 마주 보며 물었다. 얼굴이 갸름하고 눈도 크고 코도 오똑한 게 예쁘게 생겼다. 그런데 얼굴이 햇볕에 많이 그을렸다. 볼이 홀쭉하고, 눈에 쌍꺼풀이 없어서 야무져 보였다. 옷은 소매며 깃이 낡아 실밥이 풀려 있었다.

"그냥 예쁘잖아."

나는 대답을 얼버무렸다. 수정 돌을 땅에 심는다고 하면 바보처럼 보일 것 같아서였다.

"그러지 말고 땅에 심어. 날마다 물 주면 수정이 쑥쑥 큰대."

나는 한 대 맞은 기분으로 여자애를 바라보았다.

"근데 여기는 큰 수정이 없어. 내가 큰 수정 주울 수 있는 데 가르쳐 줄까?"

"정말? 그게 어딘데?"

나는 혹해서 여자애를 바라보았다.

"개울을 따라 저쪽으로 돌아가면 개울가 산자락에 동굴이 있어. 그 동굴에서 갓난아이 팔뚝만 한 수정을 주운 사람도 있다더라."

"동굴? 거기 가면 정말 큰 수정을 주울 수 있어?"

나는 좀 쭈뼛거리며 물었다. 시커멓게 입을 벌린 동굴이 머릿속에 떠올라 좀 으스스했다.

"그럼. 나도 거기서 아주 큰 돌을 주웠어. 내 새끼손가락만 해. 가 볼래?"

여자애가 앞장서서 개울둑으로 올라섰다. 나도 뒤미처 둑으로 올라섰다. 해가 서산 가까이 저물고 있었다. 일어나는 저녁 안개 위로 산봉우리들이 섬처럼 떠 있었다. 햇빛이 저녁 안개를 검붉게 물들였고, 흘러가는 개울의 물결도 검붉은 빛으로 반짝였다.

개울물은 산자락을 끼고 휘돌았다. 산모퉁이를 돌자 멀지 않은 곳에 굴이 시커멓게 입을 벌리고 있는 게 보였다. 오솔길을 사이에 두고 개울과 가까이 붙어 있었다. 큰물이 지면 굴속에도 물이 찰 것 같았다.

"너, 내일 이 굴에 안 들어가 볼래?"

여자애가 굴 앞에 멈추어 서며 물었다. 굴속은 이미 어두워져 시커멨다. 나는 좀 머뭇거렸다.

"너 겁나는구나?"

여자애가 좋알거렸다.

사실 그동안 내 별명은 '마마보이', '모범생' 같은 거였다. '개구리 왕자'라는 새 별명이 생기기 전까지는 그랬다. 못생긴 건 아니지만 내 얼굴은 내가 봐도 별 특징이 없다. 게다가 허여멀겋게 생겨서 엄마 치맛자락만 붙들고 다닐 것 같아 보인다고 했다. 나는 그런 내가 싫다. 아이들이 나를 그렇게 보는 것도 싫다.

"겁나기는 누가 겁난다고 그래?"

나는 나도 모르게 볼이 부은 소리를 했다.

"그럼 가는 거다? 내일 아침 먹고 이리로 나와."

여자애가 못을 박았다. 그러고는 찰방찰방 물을 건너기 시작했다.

아빠는 부엌 아궁이에 나무를 집어넣고 있었다.

"아빠, 이렇게 불 많이 때면 잘 때 덥지 않을까요?"

아빠 옆에 쪼그리고 앉으며 물었다.

"집이 눅눅해져서 좀 때야 돼. 그리고 여긴 산골이라서 밤에는 좀 추울 거다."

아빠가 불에 눈길을 준 채로 웃고 있었다. 아빠 얼굴에서 붉은 불빛이 일렁였다.

"그런데 너 혹시…… 그 여자애랑 동굴에 가 보기로 한 건 아니지?"

아빠가 말없이 있다가 갑자기 물었다.

"아니에요."

나는 속으로는 뜨끔했지만 딱 잡아뗐다.

"거긴 가지 마라. 그 굴이 무슨 굴인지 아니? 그 굴이 유명한 도깨비 동굴이야."

아빠가 나를 보며 빙긋이 웃었다.

"에이 아빠, 나 겁주려고 거짓말하는 거죠?"

"아니야. 이 동네 도깨비 동굴 이야기는 옛이야기를 모아 놓은 책에도 실려 있는데?"

나는 나도 모르게 얼굴을 찌푸렸다. 여자애와 굴에 가 보기로 한 일이 조금 걱정되었다. 하지만 그에 못지않게 궁금증도 커졌다.

"무슨 이야기인데요?"

"그 동굴은 들어가면 끝에 작은 굴이 또 있어. 몸집이 큰 어른은 들어갈 수 없는 크기지. 옛날에는 밤이 되면 그 작은 굴이 커지면서 거기서 도깨비들이 몰려나왔다더라. 그러고는 온 동네에 흩어져 사람들한테 장난질을 쳤대. 그런데 언제부턴가 밤이 돼도 그 작은 굴이 커지지 않았대. 그래서 도깨비들도 나오지 않고. 어쨌든 그 굴에는 갈 생각 마라."

"치, 이 세상에 도깨비가 어디 있어요? 도깨비는 옛날이야 기에나 나오는 거지."

나는 좀 퉁명스럽게 말했다.

"하여튼 너 그 굴에 가면 안 돼. 그 작은 굴 안으로는 이제까 지 들어가 본 사람이 없어. 그런 굴은 위험하지. 들어가서 길을 잃으면 영영 못 나올 수도 있단다."

아빠가 다짐을 두었다.

"그럼 아빠가 키운 수정, 나 주세요."

나는 기회다 싶어 아빠를 다시 졸랐다.

"정말 갖고 싶니?"

"예."

"이 수정 돌 가지려면 꼭 들어야 하는 얘기가 있는데……."

"무슨 얘기인데요?"

"이 돌의 수정이 어떻게 갑자기 크게 되었나 하는 얘기지."

수정이 어떻게 갑자기 크게 되었을까? 무슨 마법의 주문이 라도 있는 걸까? 재미있는 이야기일 것 같았다. 수정 돌도 받 고 재미난 얘기도 들을 수 있으니 꿩 먹고 알 먹고였다.

"좋아요!"

아빠는 아궁이에 장작을 잔뜩 집어넣고 이야기를 시작했다.

아빠가 꼭 너만 할 때야. 작은아빠는 여섯 살짜리 꼬마였고, 고모는 네 살배기 아기였지. 우리는 자주 뒤꼍 장독대 밑에 수정 돌을 심고 물을 주곤 했단다. 그렇게 하면 수정이 크게 자란다고 생각했거든. 그러고는 거의 날마다 캐내서 컸나 안 컸나 들여다보곤 했지. 조금 큰 것 같기도 하고 그대로인 것 같기도 했어. 그때 아버지, 그러니까 우리 종인이 할아버지는 병으로 오래 누워 계셨지. 아버지는 정신이 맑을 때면 뒤꼍으로 난 안 방 문을 열고 우리가 노는 걸 물끄러미 지켜보곤 하셨어.

그러던 어느 날이었단다. 부슬비가 오는 초여름이었지. 학교에서 돌아오니까 동생들이 집에 없었어. 어머니를 따라 밭에 나갔나 보다 하고 안방 문을 열었지. 그런데 안방에 아버지도 없는 거야. 뒤꼍으로 난 안방 문이 열려 있기에 얼른 장독대 쪽으로 가 보았어. 아버지는 장독대 밑에 비를 맞으며 쪼그려 앉아 계셨어. 나는 깜짝 놀랐지. 아버지는 몇 달 동안 자리에서 일어나시질 못했었거든.

"아버지, 괜찮으세요?"

나는 얼른 달려가서 아버지를 부축했어. 아버지는 내게 기대서 겨우겨우 방 안으로 들어가셨어. 자리에 누우셨는데 몹시 안 좋아 보였지. 하지만 할 일을 다 했다는 듯 아주 만족스러운 표정을 짓고 계셨어.

"수종아, 네가 심은 수정 돌이 많이 자랐더구나."

아버지는 그 말만 남기고 잠에 빠져들었어. 의식을 잃은 거였지. 그리고 며칠 뒤에 돌아가셨단다.

아버지가 돌아가시고 얼마 지나서였어. 문득 아버지가 마지막으로 한 말이 생각나 장독대 밑을 파 보았어. 그랬더니 엄지손가락만 한 수정이 박힌 이 돌이 나왔어. 분명히 손톱보다도 작은 수정이 박힌 돌을 심었는데 말이야. 잘 안 믿겼지만 믿지 않을 수도 없었지. 아버지는 몇 달 동안 혼자서는 화장실에도 못 다니셨거든. 그러니 아버지가 몰래 다른 수정 돌을 주워다 묻으실 수는 없는 일이었지.

그 뒤로 이 수정 돌을 만지작거리면서 참 많은 상상을 했지. 엄마의 배 속에서 아기가 자라듯이 땅속 깊은 곳에서 돌들이 자라는 상상 말이야. 돌들이 꿈도 꾸고, 여러 가지 보석으로 자

라기도 하고……. 그 땅속 깊은 곳의 돌들만 생각하면서 살 수
있으면 참 행복할 것 같았지. 선생님에게 물어봤더니 그런 일
을 하는 게 광물학자라고 하더구나. 그래서 그때부터 광물학자
가 되겠다고 마음먹었단다.

　

아빠는 말을 끊고 빙그레 웃으며 그 큰 수정이 박힌 돌을 들
여다보았다. 수정 돌에 불빛이 비쳐 붉게 빛났다. 무슨 마법의
돌 같았다.
　"그런데 아빠, 그 수정은 진짜 아빠가 심은 돌이 자라난 거
예요?"
　"글쎄, 넌 어떻게 생각하니?"
　"잘 모르겠어요. 진짜 그랬을 것 같기도 하고, 아니었을 것
같기도 하고……."
　나는 정말 헷갈렸다. 돌들이 진짜 자랄 것 같기도 하고 거짓
말인 것 같기도 하고…….
　아빠가 잠시 무슨 생각인가를 하다가 말을 꺼냈다.
　"이 동네에 복순이란 애가 살았어. 별명이 싸남쟁이였지. 우
리 학교에 그 여자애 이기는 남자애가 없었거든."

"그런데요?"

"그 애가 아빠랑 초등학교 6학년 때 짝꿍이었어. 어느 날 복순이에게 이 수정 돌을 보여 준 적이 있었어. 아버지 돌아가시고 한 이삼 년 뒤였지. 그랬더니 복순이가 이 수정 돌은 자기가 개울가 동굴에서 주운 거라고 하더라. 복순이는 툭하면 학교를 잘 빼먹었는데 그날도 학교 빼먹고 놀러 가는 길이었대. 그런데 우리 아버지가 길가에 주저앉아 있더래. 인사를 했더니 들릴락 말락 한 소리로 큰 수정 돌을 좀 주워 달라고 했다는구나. 그때 이 수정 돌을 찾아 주었대. 그리고 아버지를 부축해서 집에까지 바래다 드렸다고 하더구나."

"그럼 그 큰 수정이 달린 돌은 할아버지가 몰래 바꿔치기하신 거네요?"

"그렇지."

"할아버지가 몸도 아픈데 왜 그러셨어요?"

"할아버지는 가난한 농사꾼이었지. 그리고 오랫동안 병치레를 하셔야 했고. 그래서 아빠한테 남겨 줄 게 아무것도 없었지. 게다가 어린 동생들만 맡기고 가야 하니까…… 무척 미안하게 생각하셨을 거야. 그래도 마지막으로 무언가 꼭 해 주고 싶은

데 달리 해 줄 건 없고······. 우리 노는 걸 지켜보다가 수정 돌을 생각하신 거겠지. 그래서 마지막 힘을 다해 수정 돌을 찾으려고······."

아빠는 말끝을 흐리며 먼 곳을 바라보았다. 눈물 같은 게 반짝였다. 나도 괜히 콧마루가 시큰해져서 고개를 숙였다.

"자; 이제 이 수정 돌은 네 거다. 아빠한테는 세상에서 가장 귀한 보물이었지. 내가 하고 싶은 일을 찾아 하면서 살게 만들어 주었으니까."

아빠가 수정 돌을 내 손에 쥐여 주었다. 아빠와 나는 말없이 일렁이는 불빛만 바라보았다.

"그런데 너 정말 피아노 배우는 거 싫으냐?"

아빠가 한참 만에 말을 꺼냈다.

까맣게 잊고 있던 아침 일이 다시 생각났다. 아침 일찍 피아노 학원 선생님에게서 전화가 왔다. 그동안에 피아노 학원을 몇 번 빼먹었는데 보충을 하러 오라는 것이었다. 나는 아빠를 따라오기 위해 엄마와 한참 실랑이를 해야만 했다.

"싫어요."

나는 좀 무뚝뚝하게 대답했다.

"싫으면 엄마한테 잘 이야기하고, 다니지 마."

"엄마는 무조건 가라고 그래요."

"네가 정말 하고 싶은 걸 찾아서 하겠다고 그래. 네가 정말 하고 싶은 게 뭐냐?"

나는 잠시 생각해 보았다. 뾰족한 게 떠오르지 않았다. 곰곰이 생각해 보면 한 가지 있기는 하다. 동물을 좋아하니까 커서 동물병원을 하면 좋을 것 같다. 하지만 그것도 아토피 피부염 때문에 안 된다. 엄마는 동물 털 때문에 알레르기가 생기고 염증이 일어난다고 했다. 그래서 기르던 고양이와 개도 갖다 버렸다.

"잘 모르겠니? 네가 정말 하고 싶은 일을 찾아야지. 하고 싶은 일을 하면서 사는 게 가장 행복한 거야. 그 수정 돌이 네가 정말 하고 싶은 일을 곧 찾아 줄 거다. 마법의 돌이니까."

아빠가 돌아보며 빙긋이 웃었다.

"세상에 마법의 돌이 어디 있어요?"

"그 돌이 정말 마법의 돌이야. 아빠는 늘 그 돌을 지니고 다녔어. 동굴 탐사를 갈 때도 주머니에 넣고 만지작거리곤 했지. 그러면 어릴 적의 상상이 떠올라, 그 동굴이 꼭 땅의 아기들이 자라고 있는 마법의 동굴 같고 돌들이 아기들 같았지. 그래서 늘 가슴이 두근거리곤 했단다."

나는 주머니 속의 수정 돌을 만지작거려 보았다. 이 돌이 아빠에게처럼 내게도 꿈을 가져다줄까?

도깨비 동굴

아빠는 아침밥을 먹자마자 또 울 너머 밭에 나갔다. 시골에서 자라 그런지 아빠는 농사일을 참 잘한다.

나는 차 트렁크를 열고 랜턴을 꺼냈다. 아빠 눈을 피하느라고 길을 한참 돌아서 개울가로 갔다. 여자애는 아직 와 있지 않았다. 나는 작고 납작한 돌을 찾아서 물수제비를 떴다. 오랜만에 해서 그런지 물수제비가 잘 떠지지 않았다. 한두 번 물을 튀기고는 물속으로 들어가 버렸다.

"더 낮게 눕혀서 던져."

건너편 개울둑에 여자애가 나타났다. 그 애가 찰방거리며 물을 건너왔다.

"가자."

나는 랜턴을 들고 여자애를 따라나섰다.

큰 굴 입구의 높이는 우리 키의 두 배 정도는 되었다. 안으로 들어가면서 굴이 점점 넓어졌다. 깊이도 오 층 건물을 눕혀 놓은 것만큼은 되어 보였다. 그늘지긴 해도 빛이 스며들어 그렇게 어둡지 않았다. 낮에는 무섭고 말고 할 것도 없었다.

그런데 큰 굴의 끝에 정말 작은 굴이 있었다. 굴이라기보다는 구멍이라고 해야 할 만큼 입구가 작았다. 정말 무슨 괴물이라도 튀어나올 것만 같아 섬뜩했다.

나는 큰 동굴의 바닥이며 벽을 꼼꼼히 살펴보았다. 수정이 있으려면 차돌이 많아야 하는데 차돌은 잘 보이지 않았다.

"여기는 수정 돌이 없을 것 같은데?"

나는 실망해서 여자애를 바라보았다.

"여기까지는 사람들이 뻔질나게 왔다 갔는데 수정이 남아나겠니?"

"그럼 네 수정 돌은 어디서 주웠어?"

"내 수정 돌은 저 작은 굴속에서 주웠지."

"작은 굴에는 가 본 적 없다면서?"

나는 슬쩍 의심이 들었다.

"저 작은 굴 입구 가까운 곳에 있더라. 거짓말 같으면 가서 비춰 봐. 혹시 남아 있는 게 있을지 몰라."

나는 작은 굴의 입구로 가서 안쪽을 비추어 보았다. 불빛이 닿는 끝에서 무언가 하얗게 반짝였다. 그쯤에서 작은 굴이 휘어져 있는 것 같았다.

"뭐가 있긴 있는 것 같은데……. 너무 멀어."

나는 여자애를 돌아보았다.

"들어가 보자."

여자애가 랜턴을 받아 들고 작은 굴속으로 몸을 디밀었다.

"정말 들어가려고 그래?"

여자애는 잘 안 들리는지 대답이 없었다. 계속 굴 안쪽으로 들어가기만 했다. 나도 엉겁결에 따라 들어가기 시작했다.

굴은 무릎과 팔꿈치를 딛고 간신히 기어가야 할 정도로 좁았다. 한참 가다가 여자애가 멈추었다.

"수정이 있긴 한데 벽에 딱 붙어 있어."

여자애가 다시 앞으로 나아가기 시작했다.

"그만 돌아가자. 수정 돌 같은 건 없어도 돼."

"바보야, 거꾸로 가는 건 더 힘들어. 저기 휘어지는 데서부터 굴이 넓어지는 것 같은데……. 저기서 돌아 나오면 되겠다."

하기는 굴이 너무 좁아서 몸을 돌릴 수가 없었다. 그렇다고 뒷걸음질로 나가는 건 너무 힘들 것 같았다.

굴은 휘어지는 곳부터 오히려 더 좁아졌다. 이제는 아예 몸을 길게 뻗은 채로 조금씩 기어가야 했다. 온몸이 땀에 흠뻑 젖었다. 이제는 굴이 아주 좁아져 몸이 끼어 버릴 것 같은 두려움까지 몰려왔다.

하필이면 몸의 여기저기가 근질거리는 느낌이 들기 시작했다. 나는 겁이 덜컥 났다. 여기서 아토피가 발작을 일으키면 큰일이다. 나는 정신없이 기기 시작했다. 다행히 작은 굴은 그렇게 길게 이어지진 않았다.

"와, 엄청 큰 동굴이다!"

앞에서 여자애가 외치는 소리가 웅웅 울렸다.

여자애가 랜턴 불빛으로 사방을 비추어 보았다. 넓이가 교실 두어 칸은 되어 보였다. 얼핏 방금 여자애와 내가 빠져나온

작은 굴 같은 것들이 두세 개 눈에 띄었다. 사방 벽과 바닥 천장이 모두 울퉁불퉁한 바위다. 굴의 바닥에는 질척질척 물이 흐르고 있었다. 이 물들이 모여서 큰 굴에서 냇물로 흘러드는 조그만 개울을 이루는 모양이다.

"정말 도깨비 동굴 같아."

내가 중얼거렸다. 어느덧 여자애와 나는 미처 깨달을 틈도 없이 서로 손을 잡고 있었다. 손이 땀으로 끈적끈적했다.

"그만 돌아 나가자."

나는 몸이 자꾸 근질거리는 게 걱정이 되었다.

"수정 돌 찾아봐야지."

여자애가 손을 잡아끌었다.

상상했던 것처럼 팔뚝만 한 수정이 여기저기 널려 있는 건 아니었다. 어쩌다가 새끼손가락 한 마디나 두 마디 정도 되는 수정을 찾을 수 있었다. 그것도 대부분은 큰 바위에 붙어 있어서 헛일이었다. 여자애와 나는 무서운 것도 잊고 수정들에 정신이 팔렸다.

"그런데 랜턴 불빛이 흐려진 것 같은데……"

나는 중얼거리며 여자애에게 랜턴을 받아 들여다보았다. 정말 랜턴 불빛이 희미해졌다.

"약이 다 된 모양인데?"

"뭐? 그럼 어떻게 해?"

여자애가 랜턴을 빼앗아 벽을 여기저기 비추었다. 랜턴 불빛이 아주 희미해지다가 꺼져 버렸다. 갑자기 눈앞에 손을 가져다 대도 모를 만큼 주변이 캄캄해졌다.

"엄마야!"

여자애가 내게 바짝 달라붙는 바람에 랜턴이 땅바닥에 떨어졌다. 그러자 희미하게나마 다시 랜턴 불빛이 들어왔다. 땅에 떨어지면서 되레 고쳐졌나 싶었다. 나는 얼른 랜턴을 집어 들었다. 하지만 불빛은 금방 사라졌다.

"좀 어떻게 해 봐."

여자애가 내 팔을 흔들며 다그쳤다.

"건전지를 뺐다가 다시 넣어 볼게."

나는 어둠 속에서 더듬더듬 건전지를 뺐다. 다시 넣으려는데 손이 자꾸 떨려서 잘 안 맞추어졌다. 겨우겨우 다시 건전지를 끼웠다. 하지만 소용이 없었다.

"소용없어."

"그럼 어떡하지? 벽을 더듬어서 들어왔던 데를 찾아볼까?"

"그런 작은 굴이 두세 개 더 있는 것 같던데……. 우리가 들어온 굴이 어느 쪽에 있는지 잘 모르겠어."

수정 돌에 정신이 팔려서 방향을 다 잊어버리고 말았다.

"나도 모르겠어. 그냥 이 굴 저 굴 다 들어가 볼까?"

여자애가 떨리는 목소리로 말했다.

"그러다 길 잃으면 어쩌려고? 굴에서 길을 잃으면 영영 못 나갈 수도 있대."

"어떻게 해, 그럼."

여자애가 울먹였다.

"그냥 여기서 기다리자. 우리 아빠가 찾으러 올 거야."

"너네 아빠가 우리 여기 있는지 알아? 말했어?"

"말 안 했지만 알 거야."

여자애와 나는 한동안 말이 없었다. 캄캄한 어둠 속에서 물 흐르는 소리만 졸졸 들렸다. 사방에서 뱀 같은 것들이 슬금슬금 기어오는 것만 같았다. 온몸의 여기저기를 벌레들이 스멀스멀 기어 다니는 것 같기도 했다. 갑자기 가려움증이 심해졌다.

시간이 지나자 무서움도 걱정도 다 사라지고 가려움증만 남았다. 나는 긁지 않으려고 무진 애를 썼다. 진땀이 났다.

"무슨 얘기 좀 해 봐."

나는 목소리를 짜내듯이 말했다.

"목소리가 왜 그래? 어디 아파?"

나는 참고 참다가 할 수 없이 한 손으로 몸 여기저기를 긁어 댔다. 당장은 좀 나았다.

"너 내 별명이 뭔지 알아?"

내가 말했다.

"뭔데?"

"개구리 왕자."

"왜 개구리 왕자야?"

"나 아토피성 피부염이 심하거든. 평소엔 괜찮아. 그런데 몸이 힘들거나 긴장하면 발작하듯이 나타나."

"그래서 여기저기 긁고 있는 거야? 바보, 진작에 말을 해야지……."

"괜찮아. 우리 아빠가 다 알고 있으니까 나 찾으러 여기로 금방 올 거야."

"어떻게 알고 와?"

"우리 아빠, 아들 일에 눈치가 빠르거든. 내가 여기 온 거 빤히 알고 있을 거야."

"그래도 여기를 어떻게 들어와?"

여자애의 말 속에 울음소리가 섞이기 시작했다.

"우리 아빠 동굴 탐사하는 박사야."

"정말 와?"

이제 여자애의 말은 거의 울음에 가까웠다.

"그래, 온다니까!"

나는 자꾸만 되묻는 말에 짜증이 나서 빽 소리쳤다.

"우리 아빠는 안 와! 우리 아빠는 비겁해! 나는 그냥 나 혼자 살 거야!"

여자애가 막 소리를 질렀다. 그러고는 내 어깨에 이마를 대고 슬프게 울기 시작했다. 나는 어떤 말을 해 줘야 할지 몰라 가만히 있었다. 여자애의 아빠 엄마는 이혼을 한 걸까? 아니면 사업이 망한 걸까? 할머니 할아버지에게 맡겨 놓고 아예 오지도 않는 걸까? 이런저런 생각이 어지럽게 머리를 스치고 지나갔다.

여자애의 울음이 잦아들었다. 온몸이 참을 수 없이 더 화끈거리고 가려웠다. 나는 도저히 안 되겠어서 여자애의 손을 놓았다. 그리고 두 손으로 긁기 시작했다.

"왜 그래? 더 가려워?"

"응."

"내가 긁어 줄까?"

"긁으면 안 돼. 더 가려워지고…… 흉터 생겨."

"그러면 너도 긁지 말아야지."

"너무 가려워."

여자애는 어쩔 줄 몰라 잠시 허둥거렸다. 그러다가 무슨 생각을 했는지 갑자기 내 볼에 입술을 갖다 댔다. 나는 깜짝 놀라 옆으로 조금 물러났다.

"개구리 왕자는 이렇게 해서 사람이 되었대."

여자애가 중얼거렸다. 나는 괜히 볼이 화끈거리는 것 같았다. 동화에서는 개구리 왕자가 공주의 키스를 받자 사람으로 변했다. 정말 그렇게 마법이 풀리듯이 아토피가 나았으면 하는 생각이 머리를 스치고 지나갔다. 그렇게 생각해선지 가려운 게 조금 덜했다.

　나는 여자애의 손을 다시 잡았다. 나도 무언가 여자애에게
도움이 되는 말이라도 했으면 좋겠는데 잘 생각나지 않았다.
생각을 짜내려 할수록 머릿속이 하얀 백지로 가득 채워지는 것
만 같았다.

　한참을 말없이 졸졸거리는 물소리를 듣고 있었다. 문득 졸
졸거리는 소리 사이로 다른 소리가 섞이는 것 같았다.

귀를 바짝 세웠다.

소리가 점점 또렷해졌다.

아빠다!

운동화

한솔이는 차 뒷자리에 앉아 한참 생각에 잠겨 있었습니다.

'아빠한테 은지 운동화도 사 달라고 하면 사 줄까?'

아빠 엄마는 한솔이가 해 달라고 하는 건 거의 다 해 줍니다. 십만 원짜리 운동화라도 한솔이가 신고 싶다고 하면 틀림없이 사 줄 겁니다. 하지만 한솔이 친구 운동화를, 그것도 십만 원 가까이 되는 운동화를 사 주지는 않을 것 같습니다. 한솔이는 자기도 모르게 한숨을 폭 내쉬었습니다.

"너 무슨 걱정 있니?"

엄마가 눈을 동그랗게 뜨고 한솔이의 얼굴을 들여다봤습니다. 엄마는 여기 내려오면 집안일 돕는 시간 빼고는 한솔이 옆에 꼭 붙어 있습니다.

"어려운 일 있으면 혼자 끙끙대지 말고 아빠한테 얘기해."

아빠도 힐끗 돌아보며 일부러 굵은 목소리로 말했습니다. 아빠는 한솔이에게 아빠 노릇을 하기로 작정했을 때 그렇게 굵은 목소리를 냅니다.

"아무 일 없어요."

한솔이는 웃어 보였습니다. 차는 제천 시내로 들어서고 있었습니다. 제천은 한솔이가 지금 살고 있는 동네에서 가장 가까운 도회지입니다.

"어린애가 한숨 쉬고 그러는 거 아니야. 청승맞게……."

엄마가 중얼거리며 눈길을 다시 창밖으로 돌렸습니다.

매번 아빠 엄마는 좋은 부모 노릇을 하기로 작정하고 여기 내려오는 것만 같습니다. 하루나 이틀이지만 내려와 있는 동안은 온통 한솔이에게만 관심을 쏟고, 한솔이가 해 달라는 건 무엇이든 해 줍니다. 한솔이는 처음에는 아빠 엄마가 당연히 자기에게 그렇게 잘해 주어야 한다고 생각했습니다. 아빠 엄마가 자기를 할머니에게 맡겨 놓고 한 달에 한 번만 보러 오는 거니까요. 그래서 아빠 엄마가 내려오면 이것저것 사 달라고 많이 조르기도 했습니다. 그리고 곧 아빠 엄마가 그러는 데 익숙해졌습니다. 그런데 몇 개월 전부터인가 아빠 엄마에게 괜히 미안해지기 시작했습니다. 어쩌면 은지 때문인지 모릅니다.

차가 마트 주차장에 멈추었습니다. 드르륵 문이 열리고 한솔이는 엄마를 따라 내렸습니다. 낡은 봉고차라서 그런지 문 여닫는 소리가 요란했습니다. 차창에 수도, 보일러 수리 등의 글자들이 적혀 있습니다.

주차장을 빠져나가는데 익숙한 뒷모습이 눈에 띄었습니다. 같은 반의 광수입니다. 아빠 손을 잡고 몇 걸음 앞서서 계단을 올라가고 있었습니다. 광수도 한솔이처럼 할머니에게 맡겨진 아이입니다. 한솔이네 반은 스물한 명인데 절반 정도는 한솔이나 광수처럼 도시에 살다가 할머니 할아버지 집에 내려오게 된 아이들입니다. 광수는 삼 년 전인 1학년 때 한솔이보다 조금 늦게 전학을 와서 무척 친하게 지냈습니다. 학교 공부를 마치면 오락실이나 피시방에서 같이 살다시피 했습니다. 그러다 요즘에는 한솔이가 은지와 함께 집에 가느라 뜸했었습니다.

한솔이는 광수를 부르려다 말았습니다. 광수가 계집애 꽁무

니나 따라다닌다고 시비를 걸어서 얼마 전에 싸웠습니다. 물론 한솔이가 계집애 꽁무니나 따라다니는 건 아닙니다. 반 아이 중에 같은 동네 사는 아이는 은지뿐이라 같이 다니는 것뿐입니다. 하지만 어쨌든 은지가 같은 동네에 오고부터 한솔이가 많이 달라진 건 사실입니다.

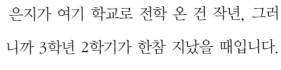

은지가 여기 학교로 전학 온 건 작년, 그러니까 3학년 2학기가 한참 지났을 때입니다. 어느 날 아침 담임선생님이 얼굴이 하얗고 예쁘장한 여자애를 데리고 들어왔습니다. 모두들 눈이 휘둥그레졌습니다. 옷차림이며 신발이 꽤 잘나가던 서울내기임이 틀림없었습니다. 그 애는 자기 이름을 은지라고 했습니다.

"저 계집애 어느 동네 살지?"

광수가 휭하니 곁을 스쳐 지나가는 은지를 곁눈질하며 중얼거렸습니다. 은지가 전학 온 첫날이었습니다.

"담임한테나 물어봐. 그런데 쟤네 집 엄청 잘살았나 봐. 신발이며 옷이 장난 아니더라."

"예전에 잘나갔으면 뭐하냐. 지나 우리나 촌뜨기 되는 건 마찬가진데."

광수가 비아냥거렸습니다. 여기 전학 오는 아이들은 거의 대부분 아빠가 직장을 잃거나 사업이 망해서 오는 겁니다. 갑자기 아빠 엄마와 떨어져 시골로 오는 거라 처음엔 적응을 잘 못합니다. 한솔이는 머리를 꼿꼿이 세우고 걸어가는 은지의 뒷모습이 괜히 안돼 보였습니다. 한솔이는 그날도 여느 때와 같이 광수와 함께 오락실로 들어갔습니다.

다음 날 아침에는 옅은 안개가 끼었습니다. 한솔이는 누렇게 익은 벼가 넘실거리는 논을 바라보며 걷고 있었습니다. 할머니 집에서 학교까지는 이 킬로미터 정도 되는 꽤 먼 거리입니다. 한솔이처럼 초등학교에 다니는 아이는 동네에 없습니다. 혼자서 이리저리 한눈을 팔면서 가다 보면 한 시간 가까이 걸립니다.

문득 앞쪽에 가방을 메고 가는 초등학생 여자애의 모습이 보였습니다. 한솔이는 눈을 동그랗게 떴습니다. 이 근방에는 중학교나 고등학교에 다니는 형, 누나들은 있어도 초등학교 다니는 아이는 없으니까요. 그런데 꽁지머리를 한 뒷모습이 어디선가 본 듯싶었습니다. 한솔이는 두근거리는 가슴으로 걸음을 빨리했습니다.

"너 어제 전학 온 애구나? 이 동네 사니?"

은지는 대답이 없었습니다. 한솔이는 좀 머쓱했지만 자꾸 말을 붙여 보았습니다.

"나는 한솔이야. 초등학교 1학년 때 너처럼 서울에서 전학 왔어. 아빠 사업이 망했거든."

한솔이는 말하며 혼자서 씩 웃었습니다. 은지는 한 번 힐끗 돌아볼 뿐 여전히 말이 없었습니다. 은지는 한솔이보다 키가 조금 더 큽니다. 콧날이 오똑하고 눈에 쌍꺼풀이 엷게 잡혀 있는데 입은 조금 큰 편입니다. 무슨 결심이라도 단단히 하는 것처럼 입을 꾹 다물고 있습니다.

'걱정 마. 너도 조금 지나면 나처럼 아무렇지도 않게 말할 수 있을 거야. 아빠 사업이 망했다고 말이야.'

한솔이는 속으로 생각하며 말없이 은지를 따라 걸었습니다.

종례가 끝나고 한솔이는 은지가 궁금했습니다. 하지만 광수

패거리들에게 끌려 피시방에 가느라 은지와 집에 갈 수가 없었습니다. 광수 패거리들은 한두 달에 한 번 아빠 엄마가 내려와서 주는 용돈을 피시방에서 다 날립니다. 광수는 정말 게임 중독인 것 같습니다.

"너 아침에 은지랑 같이 학교 왔다며?"

광수가 컴퓨터 화면에 눈을 준 채 물었습니다.

"응, 우리 동네 사는 것 같더라."

"잘해 봐라. 예쁘게 생겼잖냐."

광수가 화면에 눈을 준 채 웃었습니다.

"말을 잘 안 해."

"되게 잘난 척하더라."

"잘난 척하는 게 아니라 힘들어서 그럴 거야. 광수 너도 처음엔 그랬잖아, 말도 잘 안 하고."

광수는 게임에 빠져들었는지 대답이 없습니다. 한솔이는 게임도 잘 눈에 들어오지 않아 일찍 자리를 떴습니다.

"학교 다녀왔습니다."

한솔이는 현관문을 열고 들어가며 큰 소리로 외쳤습니다.

"어이구, 우리 손자 오늘은 웬 바람이 불었어? 이렇게 일찍 올 때도 있고."

할머니가 배추를 다듬다가 활짝 웃으며 올려다봅니다.

"할머니, 우리 반에 여자애 하나 전학 왔어. 우리 동네 사는 모양이던데 누구넨지 알아요?"

"여자애? 으응…… 거 한철이 딸내미 말하는 모양이구나. 그 애가 네 또래였나?"

"한철이 아저씨요?"

"그래. 사업으로 성공해서 돈 잘 번다고 소문이 났었지. 지 어머니한테도 저 안당골 좋은 터를 사서 통나무집을 크게 지어 주었잖니. 뭐 삼억을 들었다던가……. 그런데 망한 모양이야. 그 집도 팔고 그 어머니가 저 동네 끝 빈집에 와서 살잖니."

"아, 그 큰 감나무 집 할머니요?"

"그래. 동네 사람들 말로는 조상 묘가 있는 선산까지 다 팔아 올렸다지 아마. 부도가 나서 쫓기는지 딸내미도 밤에 와서 놓고 갔어."

한솔이는 은지가 힘들겠구나 싶었습니다.

다음 날 아침 일찍 한솔이는 큰 감나무 집으로 갔습니다. 대문간에서 마당을 기웃거리는데 은지 할머니가 부엌에서 나왔습니다.

"응? 너 갑수네 손자지? 그런데 이렇게 아침 일찍 우리 집에 웬일이냐?"

갑수는 한솔이 아빠 이름입니다.

"은지 있어요? 같이 학교 가려고요."

"으응, 우리 은지하고 한 학년이냐? 그거 잘됐구나. 우리 은지 친구가 없어서 어쩌나 했는데. 은지야, 네 친구 왔다. 빨리 준비하고 학교 가거라."

윗방 문이 열리고 은지가 고개를 내밀었습니다. 은지는 무표정한 얼굴로 한솔이를 쳐다봅니다. 한솔이는 힐끗 방 안을 들여다보았습니다. 방 안은 옷가지며 인형이며 책들로 어지럽습니다.

"책이 참 많구나."

한솔이가 마루에 걸터앉으며 중얼거렸습니다. 그 소리를 들었는지 은지가 책 한 권을 집어다 한솔이 앞에 툭 던졌습니다. 표지에 호수와 백조와 사냥꾼이 그려져 있는 동화책입니다. 한솔이는 은지를 올려다보았습니다.

"가져."

여전히 표정 없는 얼굴입니다. 꼭 거지에게 선심 쓰는 투입니다. 한솔이는 기분이 나빠서 마당으로 내려섰습니다. 하지만 토라지거나 한 건 아닙니다. 한솔이는 아빠 사업이 망해서 할머니에게 맡겨진 아이 중에선 왕고참인 셈입니다. 그렇게 전학 오는 아이들을 많이 봐 왔습니다. 처음에 그런 아이들 마음이 어떤지는 잘 알고 있습니다.

은지는 옷차림에 신경을 쓰는지 한참을 꼼지락거리다 나왔습니다. 은지 아빠는 정말 돈을 잘 벌었던 모양입니다. 은지는 머리에서 발끝까지 아주 고급 브랜드를 걸쳤습니다. 은지는 지금 적진에 뛰어드는 무사와 같습니다. 사방이 적으로 둘러싸인 적진에서는 갑옷과 투구 없이는 버틸 수가 없습니다. 브랜드 있는 옷과 신발은 은지같이 전학 오는 애들에겐 갑옷과 같은 겁니다. 그리고 무표정하고 좀 잘난 척하는 듯한 태도는 일종의 투구 같은 겁니다. 그래서 전학생들은 처음 걸치고 온 브랜드 있는 옷과 신발이 낡을 때쯤이 되면 몹시 불안해합니다. 그때쯤 아빠 엄마가 구원자로 찾아옵니다. 거의 대부분의 아이들이 형편이 어려운 아빠 엄마를 졸라 어느 날 비싼 새 옷과 신발을 걸치고 나타납니다. 그렇게 한 번쯤 으스대면서 이곳의 아이가 되어 가는 겁니다. 그래 봤자 그 옷과 신발은 제천에 있는 조그만 마트에서 산 것 이상이 아니니까요.

한솔이는 집에 갈 때도 은지와 같이 다니게 되었습니다. 어느 날 광수 패거리와 오락실에 들어가려는데 은지가 한솔이를 불렀습니다.

"같이 안 갈래?"

은지의 표정이 '너는 적이 아니야.' 하고 말하는 것 같아서 한솔이는 거절할 수가 없었습니다. 그렇다고 은지가 한솔이에게 잘 대해 주는 건 아니었습니다. 여전히 별말 없이 동네 입구까지 같이 가곤 했습니다.

은지는 학교에선 꼭 고양이처럼 웅크리고 지냈습니다. 처음 전학 와서는 다 그러긴 합니다. 하지만 은지는 유독 심하고 오래 끄는 것 같아 한솔이는 걱정이 되었습니다.

은지는 같은 반의 여자 짱인 슬기와 대판 싸우기도 했습니다. 어느 날 여자애들이 그러기로 약속이라도 했는지 집에서 밤을 쪄 왔습니다. 슬기가 반 아이들에게 나누어 주다가 은지 책상 쪽으로 갔습니다.

"야, 햇밤이야."

슬기가 은지 책상 위에 밤을 한 주먹 올려놓았습니다. 하지만 은지는 슬기를 한 번 쓱 쳐다보았을 뿐 아무 말이 없었습니다. 슬기는 몹시 기분 나쁜 표정을 지으며 앞 책상을 향해 갔습니다. 그때 책상이 흔들렸는지 은지 책상에서 밤알이 몇 개 떨어져 내렸습니다.

"망한 주제에 고급 브랜드는 무슨 고급 브랜드야."

슬기가 눈을 흘기며 중얼거렸습니다. 아마도 계속 쌓여 왔던 아니꼬운 마음을 그제야 표현한 걸 겁니다. 그 순간 아무도 예상하지 못한 뜻밖의 일이 벌어졌습니다.

"날 제발 그냥 놔두란 말이야!"

은지가 날카로운 소리를 빽 지르며 고양이처럼 슬기에게 달려든 겁니다. 한솔이는 곱상하게 생긴 은지에게서 그렇게 날카로운 고함 소리가 나오리라고는 상상도 못 했습니다. 게다가 그렇게 사납게 머리끄덩이를 잡고 싸우리라고는 꿈에도 생각하지 못했습니다. 반 아이들이 입을 딱 벌리고 있는 동안 뜻밖에도 은지가 슬기를 타고 앉았습니다. 슬기가 얼굴을 뜯길 판

이었는데 다행히 선생님이 들어왔습니다.

은지와 슬기는 앞으로 불려 나갔습니다.

"왜 싸운 거야? 은지 네가 말해 봐."

선생님이 다그쳤습니다. 하지만 은지는 고개를 숙인 채 입을 꾹 다물고 있을 뿐이었습니다.

"말 안 할 거야? 슬기 네가 말해 봐."

선생님이 화를 내며 슬기 쪽을 돌아보았습니다. 슬기가 싸우게 된 사연을 떠듬떠듬 이야기했습니다.

"슬기 얘기가 맞냐?"

선생님이 아이들에게 물어보았습니다.

"예."

아이들은 기어들어 가는 목소리로 대답했습니다.

"슬기 너, 은지가 어려운 처지에 있다는 거 알지?"

"예."

"알면서 친구한테 그렇게 마음 아픈 소리를 해? 어서 은지한테 사과해."

선생님이 다그치자 슬기가 무어라고 중얼거렸습니다.

"안 들려. 큰 소리로."

“은지야, 마음 아프게 해서 미안해.”

슬기가 풀 죽은 목소리로 말했습니다.

“은지, 그렇다고 그렇게 싸움을 걸면 돼? 친구들하고 잘 지내야지. 은지도 슬기한테 사과해.”

그러나 은지는 선생님 말이 들리지 않는 것처럼 입만 꾹 다물고 있었습니다. 모두들 긴장해서 은지를 뚫어져라 쳐다보았습니다.

“사과 안 해!”

선생님이 벌컥 화를 내며 손을 들었다 내립니다.

“저 구석에 가서 손들고 서 있어!”

은지는 그렇게 해서 한 시간 동안 벌을 섰습니다.

아이들은 모두들 은지가 나쁘다고 했습니다. 하지만 한솔이는 결코 은지를 나쁘게 생각하지 않았습니다. “망한 주제에 고급 브랜드는 무슨 고급 브랜드야.”라는 슬기의 말은 갑옷을 들추고 맨살에 단도를 찔러 넣은 거나 마찬가집니다. 무사가 그런 상황을 당하면 당연히 칼을 들 수밖에 없습니다. 그러니까 은지가 슬기에게 달려든 건 당연한 일입니다. 하지만 선생님도, 아이들도 은지를 그렇게 이해해 주려 하지는 않았습니다.

한 가지 다행인 것은 그 일로 은지가 편해졌다는 것입니다. 그 일이 있은 뒤로는 아무도 은지를 건드리려 하지 않았습니다. 은지는 고양이처럼 웅크리고 조용히 지냈습니다. 그렇게 혼자 지내는 게 편한 것 같았습니다.

겨울방학이 되었습니다. 은지는 좀처럼 집 밖으로 나오지 않았습니다. 한솔이가 한두 번 찾아가기도 했지만 은지가 여전히 쌀쌀맞게 대해 더 찾아가기도 어색했습니다. 눈이 많이 온 날 눈 구경 나온 은지와 마주치기도 했지만 잠시뿐이었습니다. 한솔이는 가끔씩 일부러 은지네 집 앞으로 지나가며 대문 안쪽을 기웃거려 보았습니다. 늘 아무도 안 사는 것처럼 조용했습니다. 감나무 꼭대기에 까치밥으로 남겨 둔 홍시가 겨울이 깊도록 혼자 대롱거리며 집을 보고 있었습니다.

개학하는 날 아침 한솔이는 은지를 데리러 갔습니다. 은지는 밖에 나다니지 않아서 그런지 얼굴이 하얘 창백한 느낌마저 주었습니다. 옷차림새가 조금 달라진 것 같은데 아무리 생각해도 어디가 달라진 건지 알 수가 없었습니다. 학교 가는 중간쯤에서 은지는 잠시 멈추더니 운동화를 꺾어 신었습니다.

"왜?"

한솔이가 의아해서 바라보자,

"그냥, 멋질 것 같아서."

하며 은지는 피식 웃었습니다.

봄방학이 끝나고 4학년이 되어서도 은지와 한솔이는 같은 반이 되었습니다. 각 학년이 한 반뿐이니 당연한 일입니다. 학생들은 그대로고 교실과 선생님만 바뀌는 셈입니다. 아이들은 4학년 담임이 3학년 때 담임보다 더 무섭다고 수군댔습니다.

은지는 이제 버릇이 되었는지 늘 운동화를 꺾어 신고 다녔습니다. 그것 때문에 담임선생님과도 부딪쳤습니다.

3월 첫 주는 운동장 흙이 질어서 교실에서 체육 수업을 했습니다. 둘째 주는 내내 날씨도 좋았고 운동장 흙도 말랐습니다. 체육 시간에 모두들 운동장으로 나갔습니다. 준비 체조를 하고 운동장을 한 바퀴 도는데 은지가 자꾸 처졌습니다. 운동장을 다 돌고 나자 선생님이 은지를 불러냈습니다. 아이들은 무슨 일인가 싶어 바짝 긴장했습니다.

"이은지, 너 정신머리가 있는 놈이야, 없는 놈이야?"

선생님이 지휘봉으로 삿대질을 하며 고함을 쳤습니다. 아이

들은 왜 그러나 싶어 눈을 동그랗게 뜨고 은지를 살폈습니다.

"운동화 당장 똑바로 못 신어!"

그제야 아이들의 시선이 은지의 발 쪽으로 모아졌습니다. 은지는 운동화를 꺾어 신고 있었습니다. 늘 그랬던 것처럼 입을 꾹 다물고 못 들은 듯이 서 있었습니다. 선생님의 얼굴이 붉게 달아올랐습니다. 순간 물을 끼얹은 듯 조용해졌습니다. 아마도 은지보다 아이들이 더 긴장하고 있었을 겁니다.

"당장 똑바로 못 신어? 싫으면 아예 벗든지!"

선생님의 말이 떨어지기가 무섭게 은지는 허리를 굽혔습니다. 아이들은 그럼 그렇지 하며 '휴' 하고 한숨 돌렸습니다. 그런데 뜻밖에도 은지는 운동화를 벗고 있었습니다. 아이들은 뜨악한 표정으로 은지와 선생님을 번갈아 쳐다봤습니다. 은지는 돌아서서 맨발로 제자리에 돌아갔습니다.

"이은지! 누가 들어가라고 그랬어? 이 녀석 안 되겠구먼. 저기 가서 엎드려뻗쳐 하고 있어!"

은지는 체육 시간 내내 엎드려뻗쳐를 했습니다. 벌게진 얼굴에서 땀이 뚝뚝 떨어져 내렸습니다. 힘들기야 벌을 받는 은지가 제일 힘들 겁니다. 하지만 3월 내내 선생님의 살벌한 얼굴을 대하고 살아야 하는 아이들도 죽을 지경이었습니다.

"야, 은지 걔 왜 그러는 거냐? 이젠 아주 얼굴에 독기가 흐르더라."

광수가 한솔이에게 물었습니다. 광수 말대로 은지의 얼굴 느낌이 바뀌어 가고 있는 것 같았습니다. 앙다문 입술에 낯빛도 좀 어두워진 것만 같았습니다.

"낸들 알아?"

한솔이도 이번에는 은지를 이해할 수 없었습니다. 다만 은지가 몹시 아슬아슬해 보일 뿐이었습니다.

"그래도 날마다 같이 다니는데 네가 제일 잘 알 거 아냐. 제발 잘 좀 얘기해라. 걔 때문에 애꿎은 우리만 힘들잖아."

한솔이는 광수의 부탁도 부탁이지만 궁금하기도 했습니다. 그래서 집에 가는 길에 넌지시 은지에게 물었습니다.

"그 운동화 꼭 그렇게 구겨 신어야 돼?"

한솔이 말이 퉁명스럽게 들렸는지 은지가 힐끗 돌아봅니다.

"내 멋으로 그러는데 무슨 상관이야?"

은지가 툭 쏘듯이 말을 받았습니다.

"그래도 선생님 체면이 있잖아."

한솔이는 내친김에 마음속에 있는 말을 했습니다.

"선생은 무슨…… 체면 좋아하고 있네. 학교 안 다니면 될 거 아냐!"

은지는 발칵 화를 내며 가방을 벗어 길가에 던졌습니다. 그러더니 쌩 가 버렸습니다.

한솔이는 무척 난처했습니다. 은지 가방을 그냥 버리고 갈 수도 없고 그렇다고 들고 갈 수도 없고. 가방이 무거워서가 아니라 혹시 같은 반 애들이 보면 어쩌나 싶어서입니다. 한솔이는 할 수 없이 은지 가방을 한쪽 어깨에 멨습니다. 동네에서 멀지 않은 곳이라 같은 반 애들을 만날 가능성은 거의 없습니다. 하지만 어른들이 왜 가방을 두 개씩이나 들고 다니냐고 물어볼 것만 같습니다. 한솔이는 고개를 푹 숙인 채 걸음을 빨리했습니다.

이윽고 은지네 집 큰 감나무가 눈에 들어왔습니다.

"네가 왜 은지 가방을 들고 오냐?"

빨래를 널고 있던 은지 할머니가 놀란 얼굴로 물었습니다.

"아니에요, 그냥 장난으로……. 가위바위보 해서 제가 졌거든요."

한솔이는 얼버무리며 마루에 가방을 놓고 얼른 나왔습니다. 몹시 화가 났습니다. 하지만 한편으론 은지가 정말 학교에 안 나오면 어쩌나 걱정도 되었습니다.

다음 날 아침 한솔이는 조마조마한 마음으로 은지네로 갔습니다. 대문 앞에서 머뭇거리는데 은지가 나왔습니다. 어제까지 겨울 잠바를 입었는데 오늘은 봄옷으로 갈아입었습니다. 환한 느낌이 들기는 하는데 어딘가 어색합니다.

은지는 아직도 화가 안 풀린 모양입니다. 쌀쌀맞은 표정을 지으며 앞서 걸어갔습니다. 은지의 뒷모습을 보던 한솔이는 우뚝, 제자리에 멈춰 섰습니다. 겨울방학 끝나고 은지의 옷차림에서 받았던 이상한 느낌이 무엇이었는지 한눈에 알 수 있었습니다. 봄옷이 작아서 팔목과 발목이 드러나 있었습니다. 은지는 전학 오고 나서 몇 달 사이에 부쩍 컸던 겁니다. 그래서 겨울옷이 잘 맞지 않았던 겁니다. 그렇다면 은지가 운동화를 구겨 신은 것도……

'그랬구나! 운동화가 작아서 구겨 신었던 거구나! 이런 바보! 이런 바보! 이런 바보!'

한솔이는 속으로 몇 번이나 외쳤습니다.

그날도 체육이 든 날이었습니다. 은지는 운동화를 구겨 신었다고 또 벌을 섰습니다. 아이들도 이제는 구제 불능이라는 듯 은지에게 차가운 눈길을 보냈습니다. 은지는 운동화 한 짝씩을 쥔 채 양손을 들고 서 있었습니다. 그런 은지가 한솔이에게는 왠지 피투성이 모습으로 비쳤습니다. 한솔이는 선생님에게 은지 사정을 이야기할까도 생각했습니다. 하지만 그건 은지가 끔찍하게 생각하는 일일 것 같았습니다.

"할머니, 은지네 아빠 엄마는 왜 한 번도 안 내려와요?"
한솔이는 집에 돌아오자마자 할머니에게 물었습니다.
"글쎄 말이다. 사람이 늘그막에 팔자가 펴야 하는데 그 할망구는 영 거꾸로니 원⋯⋯. 한철이는 부도를 크게 내서 어디 도망가 있는지도 모른다더라. 그리고 은지 엄마는 이혼하고 가버렸다지 아마. 안 그러면 빚쟁이들이 그리로 달라붙을 판이니 어쩔 수가 있나. 그 할망구도 참 큰일이야. 혈압이 높아서 오래 고생했는데 아이까지 맡았으니⋯⋯."
할머니는 혀를 끌끌 찼습니다.
한솔이는 가슴에 묵직한 돌이 내려앉는 것만 같았습니다.

은지에게는 아빠 엄마가 구원자가 될 수 없는 상황입니다.

'새 브랜드 운동화가 있어야 하는데…….'

은지 운동화에 대한 생각이 한솔이의 머리를 떠나지 않았습니다. 아무리 생각해도 은지 운동화를 사 주자고 아빠 엄마에게 조르는 수밖에 없을 것 같았습니다.

"이거 어떠니?"

엄마가 연두색 봄 잠바를 들어 보였습니다. 한솔이는 시큰 둥하게 고개를 흔들었습니다.

"그럼 이건 어때?"

엄마가 이번엔 줄무늬를 들어 보였습니다.

"그래, 그게 괜찮아 보이는데."

아빠가 거들자 점원이 얼른 와서 설명을 했습니다.

"됐어요. 그냥 입던 거 입으면 돼요. 햄버거나 하나 사 주세요."

한솔이 말에 엄마가 의아한 표정을 짓자, 아빠가 나섭니다.

"햄버거? 햄버거보다 피자를 먹는 게 어떠냐?"

"좋아요."

한솔이는 아빠 엄마와 함께 피자 가게에 자리를 잡았습니다.

"한솔이 너 정말 아무 일 없는 거야? 아무래도 좀 이상해진 것 같은데……."

엄마가 한솔이의 눈을 빤히 들여다봅니다.

"이상하긴 뭐가 이상해요. 그냥 아빠 엄마도 어려운 것 같아서……."

한솔이 말에 엄마는 금방 눈물이 핑 돌았습니다. 아빠도 시선을 가게 밖으로 돌렸습니다. 잠시 어색한 침묵이 흘렀습니다.

"야 이 녀석아, 아빠가 아무리 어려워도 너 하나 먹이고 입힐 돈은 있어. 그나저나 우리 한솔이가 많이 컸구나. 그런 소리도 다 할 줄 알고."

한참 만에 아빠는 목소리를 가다듬어 말하며 한솔이의 머리를 쓰다듬었습니다.

"그럼. 아빠 엄마가 왜 고생해서 돈 버는데? 다 한솔이 잘 키우려고 그러는 거지."

엄마가 그윽한 눈으로 한솔이를 바라봅니다. 눈가에 눈물이 얼비쳤습니다.

"그럼 아빠가 돈을 좀 주고 갈 테니까 필요한 거 있으면 사

도록 해라."

아빠가 지갑에서 돈을 꺼내 한솔이에게 건넸습니다. 십만 원은 돼 보입니다.

"조금만 주세요. 그런데 아빠, 뭐 부탁 하나 해도 돼요?"

한솔이는 두 장만 빼고 아빠에게 돈을 돌려주었습니다.

"뭔데?"

"저기 큰 감나무 집 할머니네 은지 말예요."

"으응. 그 한철이 형 딸 말이로구나. 은지가 왜?"

"은지 운동화 하나 사 주면 안 돼요?"

"은지 운동화를 왜?"

엄마가 눈을 크게 뜨며 끼어들었습니다.

"은지가 신발이 작아서 구겨 신고 다녀요. 그래서 체육 시간에 만날 벌서거든요. 선생님은 그런 사정을 모르니까……."

"그래? 그럼 이따가 시장에 가서 하나 사 가자."

엄마가 말했습니다.

"엄마, 그런 운동화 말고……."

"그래, 한철이 형한테 여러 번 신세도 졌는데. 피자 먹고 마트에서 하나 사자. 그건 그거고 이건 너 쓰라고 주는 거야."

아빠가 선선히 승낙을 하며 한솔이에게 돈을 돌려주었습니다. 한솔이는 가슴에서 커다란 돌덩어리 하나가 들려 나가는 것 같았습니다. 하지만 엄마는 볼이 좀 부었습니다.

"뭐하러 그렇게 비싼 걸……."

엄마가 중얼거렸습니다.

"요즘 애들 브랜드 있는 운동화 아니면 안 신는 거 당신도 알잖아. 기왕에 사 줄 거면 욕 안 먹게 사 줘야지."

아빠가 못을 박았습니다.

한솔이는 집으로 돌아오는 동안 내내 기분이 들떠 있었습니다. 은지 운동화를 무릎 위에 얹어 놓고 계속 만지작거렸습니다. 하지만 집이 가까워질수록 또 다른 걱정이 슬그머니 고개를 들었습니다. 은지는 자존심이 무척 강한 아이입니다. 다른 사람이 운동화를 사 준 걸 알면 죽어도 안 받으려고 할 겁니다. 한솔이는 어떻게 전해 주어야 할지 한참 궁리했습니다. 아무래도 은지 할머니에게 건네는 수밖에 없습니다. 그리고 은지 할머니가 사 온 거라고 은지에게 주게 하는 겁니다.

"그 운동화 은지한테 갖다 주고 와라."

아빠가 운전석의 문을 닫으며 한솔이에게 말했습니다.

"예."

한솔이는 포장된 운동화 상자를 들고 은지네 집으로 갔습니다. 은지네 집 가까이 이르렀는데 싸우는 듯한 소리가 들렸습니다. 은지네 집에서 나는 소리가 틀림없었습니다. 한솔이는 조심조심 대문간으로 가서 안을 들여다보았습니다.

"아, 이것아. 이제 이 옷하고 신발은 버려! 작아져서 못 입는단 말야."

은지 할머니가 소리치며 은지의 옷가지와 운동화를 마당으로 던졌습니다.

"할머니, 안 돼!"

은지의 찢어질 듯한 비명이 들렸습니다. 은지가 마당으로 뛰어 내려와 옷가지와 신발들을 끌어안았습니다.

"할미가 사 주는 옷은 왜 안 입겠다는 거야? 이 운동화는 왜 안 신어?"

은지 할머니가 새 옷과 운동화를 집어 들어 흔들었습니다. 장날 읍내에서 노점상들이 파는 싸구려입니다.

"할미가 사 주는 건 싸구려라 안 입는 거냐? 그래서 안 입는 거야?"

은지 할머니는 얼굴이 벌게졌습니다.

"아니야, 할머니. 싸구려라 안 입는 거 아니야. 이 옷하고 신발 엄마가 사 준 거야. 이거 버리면 엄마 안 와."

은지가 옷가지들을 끌어안은 채 울기 시작했습니다.

"아이구 이것아, 그 옷하고 네 어미하고 무슨 상관이 있어? 네 어미는 집 망했다고 이혼하고 가 버렸어. 그런 년이 돌아올 것 같으냐? 이제 넌 이 할미하고 살아야 돼. 4학년이나 됐으면 생각이 좀 있어야지."

은지 할머니도 눈물을 흘렸습니다.

"아니야! 아니야! 엄마가 이 운동화 닳기 전에 꼭 온다고 했단 말야!"

은지는 어느새 소리 내서 엉엉 울고 있었습니다. 한솔이도 괜히 눈물이 핑 돌았습니다. 그때 은지 할머니가 어지러 운지 마루 기둥을 붙잡고 천천히 주저앉았습니다.

"할머니!"

은지가 울다가 눈이 동그래져서 할머니에게 달려들었습니다.

"그래, 할미 괜찮다. 불쌍한 것."

은지 할머니가 은지의 등을 토닥여 주었습니다.

한솔이는 무거운 마음으로 발걸음을 돌렸습니다. 가슴에 안고 있는 운동화 상자에 눈물이 한 방울 톡 떨어졌습니다. 이제 운동화는 아무짝에도 쓸모가 없었습니다. 은지에게 정말 필요한 것은 엄마였습니다. 그렇다고 은지 엄마를 찾아서 데려올 수도 없는 노릇이었습니다.

한솔이는 대문 앞에서 은지의 새 운동화를 어떻게 할지 잠시 망설였습니다. 집에 버젓이 가지고 들어갈 수는 없었습니다. 대문 안을 살폈습니다. 마당에는 아무도 없었습니다. 한솔이는 얼른 헛간으로 들어가서 구석에 운동화 상자를 놓고 짚으로 덮었습니다.

"그래, 은지가 좋아하데?"

방에 들어서자 아빠가 물었습니다.

"예."

한솔이는 시큰둥하게 대답하고는 밥을 먹기 시작했습니다.

"우리 왕자님이 어째 기분이 안 좋은 것 같다."

엄마가 한솔이 쪽을 힐끗 보며 중얼거렸습니다.

"아냐, 엄마."

열흘쯤 뒤였습니다. 학교에서 은지와 돌아오는데 마을 입구 솔숲 의자에 한 아주머니가 앉아 있는 게 보였습니다. 옆에 작은 여행 가방이 놓여 있는 게 어느 집 손님인가 싶었습니다.

솔숲이 가까이 보이는 데쯤 이르자 은지가 우뚝 멈추어 섰습니다. 천천히 솔숲을 향해 걸어가는가 싶더니 그 아주머니를 향해 막 뛰어갔습니다. 아주머니도 자리에서 일어나더니 달려드는 은지를 꼭 끌어안았습니다. 한솔이는 좀 멍청해진 기분으로 은지와 아주머니를 지켜보았습니다. 이윽고 은지가 아주머니 손을 잡고 솔숲에서 나왔습니다.

"우리 엄마야."

얼굴에 눈물 자국이 남은 채로 은지가 환하게 웃었습니다. 한솔이는 무언가에 홀린 기분이라 말없이 고개만 꾸벅했습니다.

"얘는 이 동네 사는 우리 반 친구야. 얘네 집도 사업이 망했대, 엄마."

은지가 한솔이를 소개했습니다. 한솔이는 눈을 크게 뜨고 은지를 바라보았습니다. 은지의 입에서 사업이 망했다는 소리가 그렇게 쉽게 나오리라곤 생각도 못 했습니다.

한솔이는 집으로 돌아와서도 괜히 기분이 좋았습니다.

"할머니, 은지 엄마 왔어요."

한솔이가 자랑이라도 하듯이 말했습니다.

"그래? 아까 그 집에 마실 갔었는데……?"

"학교에서 오다가 방금 솔숲에서 만났어요."

"그래? 아이고 그거 잘됐구나. 안 그래도 그 할망구 은지 걱정 많이 하던데. 한번 가 봐야겠다."

할머니가 몸을 일으켰습니다.

한솔이는 할머니가 나간 뒤 헛간으로 갔습니다. 운동화를 꺼내 들여다보았습니다. 이제는 운동화를 은지에게 주어도 될 것 같습니다. 한솔이는 내일 주기로 마음먹고 운동화를 다시 잘 넣어 두었습니다.

다음 날 아침 한솔이는 일곱 시가 조금 못 되어 눈을 떴습니다. 마당에 세수를 하러 나가는데 할머니가 책 한 권을 들고 대문으로 들어왔습니다.

"할머니, 그 책 뭐예요?"

"은지가 가면서 너 주라고 하더라."

할머니가 한솔이에게 책을 건넸습니다. 처음 은지네 집에 갔을 때 은지가 던졌던 동화책입니다.

"은지가 가다니요?"

"엄마 따라간대. 아마 지금쯤 큰길 버스 정류장에 거의 갔을 걸."

할머니의 말이 채 끝나기도 전에 한솔이는 후다닥 헛간으로 뛰어 들어갔습니다. 운동화 상자를 꺼내 들고 대문을 빠져나왔습니다.

큰길 버스 정류장까지는 오백 미터쯤 됩니다. 한솔이는 지름길인 논둑길을 달리기 시작했습니다. 반쯤 갔을 때 산모퉁이를 돌아오는 버스가 보였습니다. 정류장에 엄마와 서 있는 은지의 모습도 보였습니다. 은지는 할머니가 쥐고 흔들던 그 옷과 신발을 걸치고 있는 것 같았습니다.

은지의 모습이 점점 가까이 다가옵니다. 하지만 아무래도 버스가 먼저 도착할 것 같습니다.

"은지야!"

한솔이가 한 손을 흔들며 소리쳤습니다. 은지도 한솔이 쪽을 돌아보고 손을 흔들었습니다. 버스가 도착하고 은지 엄마가 먼저 오릅니다. 은지는 버스 정류장에서 다시 한 번 손을 흔들어 보이곤 사라졌습니다.

한솔이는 숨을 헉헉대며 버스 정류장에 도착했습니다. 하지만 점점 멀어져 가는 버스의 뒷모습만 보일 뿐입니다. 버스가 눈앞에서 사라지자 한솔이는 제자리에 주저앉았습니다.

언제 들고 왔는지 모르는데 상자와 함께 책이 손에 들려 있었습니다. 제목이 '백조 여인'입니다. 무심코 책장을 넘겨 보았습니다. 그림으로 보아선 '선녀와 나무꾼'과 비슷한 이야기인 듯싶습니다. 한솔이는 문득 은지가 백조 여인 같다는 생각을 해 봅니다. 은지의 날개옷은 고급 브랜드 옷 같은 게 아니라 그저 엄마의 손길이 닿은 옷이었는지도 모릅니다.

한솔이는 끝내 운동화를 전해 주지 못한 게 섭섭했습니다. 하지만 이제 은지에게 새 운동화가 꼭 필요한 건 아니라는 생각을 하니 마음이 좀 가벼워졌습니다.

염소

연이 엄마는 상을 닦던 손을 멈추었습니다. 그리고 텔레비전 뉴스 화면을 뚫어져라 쳐다봅니다. 화면은 울창한 숲을 삼키는 벌건 불꽃으로 가득합니다.

"아주머니, 손님 기다리시는데 뭐 하고 있어요?"

주인아주머니가 소리쳤지만 연이 엄마에게는 아무 소리도 들리지 않았습니다. 주인아주머니가 씩씩거리며 카운터에서 나왔습니다. 주인아주머니는 연이 엄마에게 다가오다가 표정이 바뀌었습니다. 연이 엄마 얼굴이 심상치 않아 보였거든요.

"아주머니 어디 아파요? 왜 그래요?"

가까이 있는 손님들도 연이 엄마를 힐끗힐끗 쳐다봤습니다. 일요일이라 그런지 손님이 제법 많습니다.

"저기 우리 연이가 있는⋯⋯."

연이 엄마는 넋 나간 사람처럼 중얼거렸습니다. 주인아주머니도 텔레비전 화면을 돌아봤습니다.

"어머! 그럼 아주머니네 고향이 동해예요? 산불이 났다는?"

"예, 시어머니가 거기⋯⋯."

"그럼 얼른 전화라도 해 봐요."

주인아주머니는 연이 엄마가 들고 있던 행주를 뺏어 상을 닦았습니다. 연이 엄마는 허청허청 카운터로 걸어가서 수화기를 들었습니다. 손이 떨려서 전화번호를 몇 차례나 잘못 눌렀습니다. 이윽고 신호가 가기 시작했습니다. 한 번, 두 번⋯⋯. 아무도 전화를 받지 않습니다.

"어머니⋯⋯. 연이야⋯⋯. 제발⋯⋯."

수화기를 잡은 연이 엄마의 손이 자꾸 떨렸습니다.

"그러지 말고 얼른 신랑한테 전화해요. 빨리 내려가 봐야지."

같이 일하는 아주머니가 지나가다가 한마디 했습니다. 연이 엄마는 연이 아빠 휴대전화 번호를 눌렀습니다. 연이 아빠는 아파트 공사장에서 일하고 있습니다.

"여보세요."

연이 아빠의 목소리가 들리자 연이 엄마는 눈물부터 나왔습니다.

"여보! 우리 연이…… 어머니……."

"왜? 시골집에 무슨 일 있어?"

연이 아빠가 깜짝 놀라 물었습니다.

"거기 산불이……. 뉴스 보세요."

"뭐라고? 어머니 계신 동네 맞아? 고성이라고 그래?"

"응."

"전화해 봤어?"

"안 받아……."

"알았어. 금방 그리로 갈게. 당신 일하는 그 집에 있지?"

"예."

연이 엄마는 음식점 앞에서 연이 아빠를 기다렸습니다. 길가의 은행나무들이 노랗게 물들어 있습니다. 젊은 남녀들이며 가족들이 노랗게 깔린 은행잎을 한가로이 밟으며 지나갑니다. 하지만 연이 엄마의 눈에는 아무것도 들어오지 않았습니다.

"바람이 어째 이렇게 거센지 모르겠다. 저렇게 바람이 거세서야 산불을 끌 수 있겠누."

할머니가 밥을 먹다가 중얼거렸습니다.

"메헤헤헤!"

거센 바람 소리 사이로 염소 우는 소리가 희미하게 들렸습니다. 연이는 귀를 쫑긋 세웠습니다.

"메헤헤헤!"

염소 우는 소리가 가까워졌습니다. 커다랗게 웃는 듯한 소리입니다.

"할머니, 그 할아버지가 키우던 염소야!"

연이가 숟가락을 놓으며 소리쳤습니다.

"글쎄 우는 소리를 보니까 그 수놈 염소 맞는데……. 어디를 돌아다니다 이제 나타났누."

할머니가 창문 밖을 내다보며 중얼거렸습니다.

"할머니, 저 염소 우리가 키우자."

"임자가 있는데 우리가 마음대로 데려다 키울 수 있나."

"할아버지는 돌아가셨는데 임자가 어디 있어?"

"그 할아버지 아들 있잖아. 우리가 키우는 거 알면 금방 달래서 고아 먹을걸. 그러니까 이 산 저 산 마음대로 돌아다니게 놓아두는 게 좋아."

연이 생각에도 할머니 말이 맞는 것 같았습니다. 하지만 가끔씩이라도 염소와 놀 수 있으면 좋겠습니다.

"그럼 먹이를 주면 어때요? 가끔씩 내려와 먹게."

"데려오기만 하면 먹이 주는 거야 어렵겠니."

할머니의 말에 연이는 얼른 문을 열고 나섰습니다.

"너무 멀리 가지 마라. 아랫동네에 산불이 났다고 하더라. 먼 동네이긴 하다만……."

할머니는 밥상을 주섬주섬 치우며 연이의 뒷모습을 바라봅니다.

"친구가 없으니 심심하기도 하겠지."

할머니가 혀를 쯧쯧 찼습니다.

연이는 서울에서 살다가 이곳으로 내려왔습니다. 아빠 사업이 잘 안되는지 집안 사정이 나빠졌습니다. 그래서 할머니에게 연이를 맡긴 셈입니다. 연이 할머니 집은 동네에서 뚝 떨어져 계곡 위쪽에 있습니다. 가까운 집이라고는 조금 더 위쪽에 할아버지 혼자 사는 집뿐이었습니다. 같이 놀 친구가 없는 연이는 할아버지가 키우는 염소들과 금세 정이 들었습니다.

"메헤헤헤."

염소가 길 굽이에서 연이를 바라보고 서 있었습니다. 연이는 널어 놓은 무 잎 하나를 얼른 주워 들었습니다. 무 잎들이 바람에 날려서 여기저기 흩어져 있습니다. 염소의 목에 달린 방울이 바람에 흔들리는지 딸랑딸랑 소리를 냈습니다. 연이는 개를 묶어 놓던 줄을 찾아 주머니에 넣었습니다.

"염소야, 이리 와. 이거 먹어."

연이는 무 잎을 흔들어 보였습니다. 하지만 염소는 멀리서 눈치만 볼 뿐 오지 않았습니다.

"메헤헤헤. 괜찮아. 이리 오라니까."

연이는 슬금슬금 염소 쪽으로 다가갔습니다. 염소는 연이가 다가가는 만큼 뒤로 물러섰습니다. 그러다가 나무들에 가려 보이지 않게 되었습니다. 연이는 걸음을 빨리해서 길 굽이까지 갔습니다. 염소는 아주 도망가지는 않을 모양입니다. 꼭 그만큼 거리에서 연이를 지켜봅니다. 연이도 나무 그루터기에 앉아 염소가 어떻게 하나 지켜봅니다. 염소는 그 자리에 꼼짝도 않고 서 있었습니다. 연이는 자꾸 피하기만 하는 염소가 좀 서운

했습니다. 그러면서도 한편으로는 염소가 피하는 게 당연하다
는 생각도 들었습니다.

　연이가 할아버지네 염소를 처음 만난 건 올 초였습니다. 아
빠 엄마는 연이를 데려다 주러 같이 내려왔습니다. 며칠 같이

지내는 동안 줄곧 계곡 위쪽에서 염소 우는 소리가 들렸습니다. 연이는 아빠를 졸라 염소를 보러 갔습니다.

숲 속 도로를 따라 조금 올라가자 개울 건너 좀 높은 곳에 집이 보였습니다. 거기 마당가에 염소들이 풀을 뜯고 있는 게 보였습니다. 연이와 아빠는 개울을 건너 그 집으로 올라갔습니다. 덩치가 큰 염소 주위에서 여러 마리의 염소들이 풀을 뜯고 있었습니다. 좀 작은 염소가 세 마리고, 아기 염소도 두 마리

있었습니다. 작고 까만 새끼 염소들이 무척 귀여웠습니다.

"아빠, 나 염소 만져도 돼?"

"그래, 만져 봐. 그런데 가까이 올까 모르겠다. 가만있어 봐."

연이 아빠는 뒷주머니에서 신문지를 꺼냈습니다. 쪼그리고 앉아 염소들 쪽을 향해 찢은 신문지를 내밀었습니다. 큰 염소가 슬금슬금 다가와 신문지를 받아먹었습니다. 하지만 연이가 만지려 하자 뒤로 물러났습니다.

"너도 한번 해 봐."

아빠가 연이에게 신문지를 찢어 건넸습니다. 연이도 아빠처럼 염소들에게 신문지를 내밀었습니다. 좀 작은 염소가 다가와 신문지를 먹기 시작했습니다. 까만 얼굴에 달린 눈이 꼭 셀로판지를 오려 붙인 것 같습니다. 신문지를 오물오물 맛있게 먹는 모습이 신기했습니다. 하지만 연이가 만지려 하자 역시 슬그머니 뒤로 물러났습니다.

"그렇게 해선 못 만진다."

갑자기 큰 소리가 들려서 연이는 뒤를 돌아보았습니다. 비쩍 마른 할아버지가 지팡이에 기대 서 있었습니다.

"아저씨, 안녕하세요. 건강은 좀 어떠세요?"

아빠가 인사를 했습니다.

"죽지 못해 사는 거지 뭐. 자네 딸인가?"

"네. 연이야, 인사드려."

연이는 꾸벅 인사를 했습니다.

"염소 만져 보고 싶니? 자네가 들어가서 염소 사료 좀 가져오게."

아빠가 집 안으로 들어가 바가지에 사료를 퍼 왔습니다. 할아버지는 사료를 한 주먹 쥐고는 염소들에게 내밀었습니다. 그리고 염소가 다가와서 먹는 동안 목덜미를 쓰다듬어 주었습니다.

"만져 봐."

연이는 염소들을 쓰다듬어 주었습니다. 까만 털의 따뜻한 느낌이 신기했습니다. 큰 염소 뿔의 딱딱하고 메마른 느낌도 좋았습니다. 무엇보다도 아기 염소를 만지는 게 가장 좋았습니다. 아기 염소의 심장이 팔딱팔딱 뛰는 게 전해져 왔습니다.

그 뒤로 연이는 틈만 나면 염소를 보러 갔습니다. 할아버지는 다리가 불편해서 거의 밖에 나오지 않았습니다. 가끔 나오면 이런저런 얘기를 많이 해 주었는데 늘 술 냄새가 풍겼습니다.

"할머니, 저 위에 사는 할아버지는 왜 만날 술만 마셔?"

언젠가 연이는 할머니에게 물었습니다.

"외롭고 답답하니까 그러시겠지."

"할아버지는 아들도 딸도 없어?"

"아들이 하나 있어. 서울 살지. 그런데 땅 안 준다고 아버지와 싸우고는 안 온단다."

연이는 왜 그러는지 잘 이해할 수 없었습니다. 하지만 어쨌든 할아버지가 불쌍하다는 생각이 들었습니다.

그리고 몇 달이 지났습니다. 비가 많이 내리는 여름방학의 어느 날이었습니다. 그 큰 염소가 요란하게 울어 대기 시작했습니다. 할아버지가 사료 주는 걸 잊어버렸나 했습니다. 그런데 사흘째에는 염소 울음소리가 밤새도록 들렸습니다.

"아무래도 좀 이상하다. 할아버지한테 가 봐야겠어. 넌 집에 있어라."

할머니가 다음 날 아침을 먹자마자 집을 나섰습니다.

먹장구름이 잔뜩 끼어서 집 안은 어두컴컴했습니다. 연이는 혼자 있는 게 무서워 집 앞에 쪼그리고 앉아 있었습니다. 장대비가 쏴쏴 소리를 내며 내렸습니다. 앞뒤의 산이 온통 구름에 덮여 있었습니다. 구름 속에서 무섭게 생긴 용 머리라도 불쑥 튀어나올 것만 같았습니다. 연이는 몸을 잔뜩 웅크렸습니다.

얼마 지나지 않아 할머니가 길모퉁이에 나타났습니다.

"할머니!"

연이는 살았다 싶어 큰 소리로 할머니를 불렀습니다. 하지만 할머니는 평소와는 달랐습니다. 보통 때 같으면 '아이구 내 새끼.' 하고 웃으며 꼭 끌어안아 주었을 겁니다. 그런데 할머니는 굳은 표정으로, "연이야, 들어가자." 무뚝뚝하게 한마디 던지고는 먼저 집 안으로 들어갔습니다.

연이는 좀 서운했습니다.

"할아버지는?"

연이가 할머니를 따라 들어가며 물었습니다.

"돌아가셨다."

"정말요?"

연이는 멍했습니다. 할머니는 집 안에 들어가자마자 여기저기 전화를 했습니다. 한참 지나자 이장님과 동네 사람들이 왔습니다. 동네 사람들이라야 거의 다 할머니, 할아버지 들입니다. 할머니는 다시 동네 사람들과 할아버지 집으로 올라갔습니다. 연이는 가겟집 언니를 따라 가겟집에 가 잤습니다.

다음 날 정오 가까이 되어서야 연이는 가겟집 언니와 함께 할아버지 집에 갔습니다. 모르는 사람들이 많이 와 있었습니다. 삼베 두건을 쓴 아저씨와 꼬마 남자애가 할아버지의 아들과 손자인 모양이었습니다. 흰 치마저고리를 입은 젊은 아주머니와 꼬마 여자애도 있었습니다. 점심때가 되자 염소들이 평소처럼 사료를 먹으러 마당 주위를 얼쩡거렸습니다. 연이는 사료를 바가지에 담아 얼른 마당가로 갔습니다.

"저 염소들은 뭐죠? 아버님이 기르시던 건가요?"

뒤에서 아저씨의 목소리가 들렸습니다.

"그래, 자네 아버지가 놓아먹이던 놈들이야. 저놈들을 어쩔 건가?"

할머니의 목소리입니다.

"몸에 좋다는데 흑염소 중탕이나 해 먹죠 뭐. 우선 잡아서 묶어 두어야겠는데요. 어이 동수, 저 염소들 좀 잡아매어 줘."

연이는 가슴이 덜컥 내려앉았습니다. 사료가 든 바가지를 얼른 숨기며 일어섰습니다.

"꼬마야, 그 바가지 좀 이리 줘 봐라."

가겟집 아저씨가 연이의 바가지를 빼앗아 갔습니다. 그러고는 바가지를 들고 염소 우리 쪽으로 갔습니다. 암염소와 아기 염소들이 가겟집 아저씨를 따라갔습니다. 숫염소는 의심스럽다는 듯 좀 떨어져 머뭇머뭇 따라갔습니다.

"메헤헤헤."

연이는 염소 소리를 흉내 냈습니다. 가지 말라고 염소들을 부르는 겁니다. 바보들아 가지 마, 가지 마 하고 속으로 소리칩니다. 하지만 암염소와 아기 염소들은 가겟집 아저씨를 따라 우리 안으로 들어갔습니다. 숫염소는 문가에서 머뭇거리며 들어가지 않았습니다. 가겟집 아저씨가 사료 바가지를 들고 다가가 숫염소의 목줄을 움켜쥐었습니다. 힘내! 도망가! 연이는 주먹을 꼭 쥐고 속으로 외쳤습니다.

숫염소는 무척 힘이 셌습니다. 뒤로 당기며 버텼습니다. 가겟집 아저씨가 목줄을 놓쳤습니다. 숫염소는 우리 뒤쪽 산기슭으로 도망갔습니다. 멀리 가지 않고 메헤헤헤 커다랗게 웃는 듯한 소리를 냈습니다. 우리에 갇힌 암염소와 새끼 염소들이 따라서 울어 댔습니다.

"할머니, 저 새끼 염소 우리가 기르면 안 돼?"

연이는 할머니에게 졸랐습니다.

"할머니 힘없어서 염소 못 길러."

"내가 기를게, 할머니."

"네가 어떻게 기르니?"

"왜 못 길러?"

"못 길러."

다음 날 가겟집 아저씨가 암염소와 새끼 염소를 끌고 연이 할머니 집 앞을 지나갔습니다. 연이는 한참을 따라가다 왔습니다. 돌아올 때는 엉엉 울면서 왔습니다.

"숫염소는 산에 살고 있잖니. 가끔 오게 해서 놀면 되지."

할머니가 연이를 다독였습니다.

그 뒤 숫염소는 가끔 연이 할머니 집 근처에 와서 울었습니다. 하지만 절대 사람 가까이 오진 않았습니다. 사람들에게 너무 놀랐던 모양입니다.

"메헤헤헤."

숫염소가 또 따라와 보라는 듯 울었습니다.

"메헤헤헤, 그만 이리 와."

연이는 다시 일어섰습니다. 연이는 숫염소가 자꾸 도망가는

게 서운했습니다.

"바보야, 나는 너 잡아가려는 게 아니야. 나는 그 아저씨들하고 달라!"

소리쳐도 소용이 없었습니다.

염소는 숲 속 도로를 따라 슬금슬금 산 위쪽으로 갔습니다. 연이는 숫염소를 따라 짧은 비탈길을 올랐습니다.

거센 바람이 연이를 날려 버리기라도 할 듯 휭— 하고 지나 갑니다. 개울 건너 할아버지 집이 건너다보입니다. 연이는 제 자리에 멈추어 섰습니다. 할아버지가 돌아가신 뒤로는 그 집이 왠지 무섭습니다. 할아버지의 무덤은 그 집에서 개울로 내려오는 중간쯤에 있습니다. 그 무덤을 생각하면 더 무섭습니다. 연이는 애써 할아버지가 해 주던 재미난 이야기를 떠올려 보았습니다. 할아버지는 연이에게 이야기하는 것을 무척 좋아했습니다. 이야기할 친구라곤 연이밖에 없으니까 그랬을 겁니다. 할아버지는 염소에 대해서도 많이 얘기해 주었습니다.

할아버지는 숫염소를 우리의 긴 줄에 매어 두곤 했습니다.

"할아버지, 왜 다른 염소는 놓아주고 숫염소만 묶어 놔요?"

"숫염소가 대장이거든. 다른 염소들은 마음대로 다니게 놔둬도 돼. 대장이 부르면 돌아오니까. 저 숫염소의 요란하게 웃는 소리가 부하들을 부르는 소리야. 부하들이 말을 아주 잘 듣지."

연이는 염소들에게도 대장과 부하가 있다는 게 무척 신기했습니다.

"그런데 전에는 숫염소도 풀어 놨잖아요."

"그랬지. 우리로 돌아오게 훈련이 되어 있으면 풀어 놔도 상관없어. 어두워지면 저희들이 알아서 돌아와 자거든."

"그런데 왜 지금은 숫염소를 묶어 놔요?"

연이는 빤히 할아버지를 올려다보았습니다.

"허, 고 녀석."

할아버지는 연이를 한 번 보며 씽긋 웃었습니다.

"염소들은 산에서도 잘 살 수 있단다. 추위도 안 타고, 먹을 것도 잘 찾아 먹고. 그래서 가끔 훈련을 새로 해야 돼. 안 그러면 아주 산으로 가서 저희들끼리 살지. 새로 훈련을 시키느라고 숫염소를 묶어 놓은 거야."

할머니는 설거지를 끝낸 뒤, 창문을 열고 산 위쪽으로 난 도로를 바라보았습니다.

"이 녀석은 도대체 어디까지 간 거야?"

바람이 창문을 요란하게 흔들며 들어왔습니다. 할머니는 얼른 창문을 닫고 텔레비전을 켰습니다. 텔레비전 화면이 벌건 불길과 분주한 사람들로 요란했습니다.

"바람이 거세니까 산불이 아주 날아다니네……. 가만있자, 어이구, 우리 연이!"

할머니는 자리에서 벌떡 일어나 문을 열었습니다. 그러다가 돌아서서 연이의 웃옷을 챙겼습니다. 산불이 가까운 곳까지 번지기 시작했다고 합니다.

"연이야! 연이야!"

할머니는 연이를 부르며 종종걸음을 쳤습니다. 집 안에서 희미하게 전화 벨소리가 들렸습니다. 할머니는 잠시 멈칫하다가 다시 종종걸음을 쳤습니다. 멀리서 뭐라고 외치는 마이크 소리가 들렸지만 바람 소리 때문에 잘 알아들을 수 없었습니다.

"연이야! 연이야!"

할머니는 달리기 시작했습니다. 멀리 산 위쪽 하늘로 검은 연기가 번지는 게 보였습니다. 할머니는 마음이 급했습니다. 비탈길을 올라서자 할머니는 쪼그리고 주저앉았습니다. 숨이

차서 더 갈 수가 없었습니다. 고개를 넘어가는 도로와 할아버지 집으로 올라가는 길이 갈라지는 곳입니다. 연이가 어느 쪽으로 갔을까 생각해 보았습니다. 할아버지가 돌아가신 뒤로 연이는 할아버지 집을 무서워했습니다. 그러니 할아버지 집으로 가지는 않았을 것 같았습니다.

"연이야! 연이야!"

할머니는 숲 속 도로를 따라 다시 걷기 시작했습니다.

하지만 할머니는 발걸음을 떼다 멈추었습니다. 뒤쪽에서 연기 냄새가 심하게 나는 것 같아서였습니다. 뒤를 돌아본 할머니는 깜짝 놀랐습니다. 계곡 아래쪽에서 벌건 불길이 일어나는 게 보였습니다. 산자락에 가려서 잘 보이지 않았지만 조금 있으면 불길이 할머니 집도 삼켜 버릴 것 같았습니다.

"아이고 우리 집, 우리 집……."

할머니는 주춤주춤 산 아래쪽으로 발걸음을 뗐습니다. 그러다가 우뚝 멈추어 섰습니다. 그러고는 그깟 집이 뭐가 대수냐고 중얼거리며 다시 돌아섰습니다.

"연이야! 아이고 이것아, 어디 있어?"

할머니는 돌아서서 다시 종종걸음을 치기 시작했습니다.

차는 대관령에 올라섰습니다. 연이 엄마는 초점을 잃은 눈으로 앞쪽을 바라보고 있었습니다. 멀리 바다가 펼쳐져 있지만 눈에 들어오지 않았습니다.

'엄마가 되어 가지고…… 하나 있는 딸마저 제대로 못 키워 할머니한테 맡겼는데…….'

오면서 수천 번도 더 중얼거리곤 했던 말이 다시 떠올랐습니다. 가슴이 다시 불에 댄 듯 쓰려 왔습니다. 만약에 연이가 잘못되기라도 하면……. 눈물이 났지만 애써 참았습니다. 연이 아빠는 아무렇지도 않은 듯 몇 시간째 운전을 하고 있었습니다. 연이 엄마는 연이 아빠가 더 힘들 거라는 생각이 들었습니다.

연이 아빠는 강릉 시내 입구에서 차머리를 북쪽으로 돌렸습니다. 하늘을 가득 덮을 듯 퍼져 나가는 검은 연기가 눈에 들어왔습니다. 연이 아빠의 가슴은 두방망이질 치기 시작했습니다.

'어머니를 한번 제대로 모셔 보지도 못했는데……. 거기다 연이마저 떠맡기고…….'

쪼글쪼글해진 어머니의 얼굴과 연이의 얼굴이 머리를 스치고 지나갔습니다. 연이 아빠의 눈에 눈물이 고였습니다. 연이 아빠는 고개를 흔들고 얼른 담배를 피워 물었습니다. 아직 갈

길이 많이 남았습니다.

속초 시내를 지나고부터는 불자동차와 군인들을 태운 트럭이 많이 보였습니다. 차 속도가 점점 떨어졌습니다. 하늘에는 헬리콥터들이 요란한 소리를 내며 떠다녔습니다. 문득 온통 꺼멓게 탄 산자락이 눈에 들어왔습니다.

"전화 다시 한 번 해 봐."

연이 아빠가 힐끗 연이 엄마를 곁눈질하며 말했습니다. 연이 엄마는 다시 휴대전화를 집어 들었습니다. 오면서 내내 전화를 했지만 아무도 받지 않았습니다. 이번에는 아예 신호가 가지를 않습니다. 다시 해도 마찬가지였습니다.

"여보⋯⋯."

연이 엄마가 떨리는 목소리로 연이 아빠를 불렀습니다.

"왜 그래?"

"신호가 가지를 않아요. 아까까지만 해도 신호는⋯⋯."

연이 엄마가 울먹거렸습니다. 연이 아빠는 가슴이 덜컥 내려앉았습니다. 운전대를 잡은 손이 떨렸습니다. 연이 아빠는 차를 얼른 길가에 세웠습니다. 연이 엄마에게서 휴대전화를 받아서 번호를 눌렀습니다. 역시 신호가 가지 않았습니다. 연이 아빠는 숨을 크게 들이쉬었다 뱉고는 담배를 입에 물었습니다. 불을 붙이려고 하는데 손이 떨려서 잘 되지 않았습니다.

"괜찮아요?"

연이 엄마가 아빠 대신 불을 붙여 주었습니다. 연이 아빠는 담배를 다 피우고 다시 숨을 크게 쉬었습니다. 그러고는 다시 차를 몰기 시작했습니다.

연이는 할아버지 집이 건너다보이는 곳을 지났습니다. 숫염소는 자꾸만 산 위쪽으로 올라갔습니다. 올라가다가 연이에게 따라오라는 듯 가끔씩 돌아보며 울었습니다. 할아버지 집 위쪽으로는 아무도 살지 않는 깊은 산속입니다. 연이는 덜컥 겁이 났습니다. 문득 할머니가 하던 말이 떠올랐습니다.

"할머니, 그 숫염소는 어디 살아? 일주일도 넘었는데 왜 안 내려와?"

숫염소는 산으로 도망가고 나서 한참을 안 나타났습니다.

"글쎄다. 할아버지 데려다 주러 간 모양이지 뭐. 할아버지가 다리가 불편하시잖니. 그래서야 어떻게 혼자서 하늘나라까지 걸어갈 수 있겠어. 그러니까 그 염소가 할아버지를 데려다 주러 따라갔을 거야. 그 염소에 기대어 갔으면 잘 가셨을 게다."

연이는 염소가 정말 할아버지를 데려다 주러 갔다 왔을까 생각해 보았습니다. 할머니가 그냥 재미있으라고 한 말일지도 몰랐습니다. 그런데도 마음 한구석에서는 자꾸 정말일지도 모른다는 생각이 자라났습니다. 할아버지가 했던 말을 생각하면 더 그런 생각이 들었습니다.

할아버지는 무지무지 오래 산 사람 같았습니다. 어릴 적에는 압록강 건너 저 만주에서도 살았다고 합니다.

"만주에선 말이야, 바람마다 다 이름이 있단다."

할아버지는 따뜻한 봄날 마당에 앉아서 말했습니다.

"무슨 이름이요?"

"낙타의 바람, 뱀의 바람, 말의 바람, 염소의 바람……. 그런 이름들이지."

"왜 그런 이름을 붙여요?"

"아주 까마득한 옛날 하늘에서 돌이 비 오듯이 내려왔대. 동물들은 그 하늘의 돌을 찾아 먹을 줄 안다는구나. 그래서 배 속에 하늘의 돌이 들어 있대. 그 하늘의 돌로 비와 바람을 부른다는구나. 그래서 이건 낙타가 일으킨 바람이다, 저건 염소가 일으킨 바람이다, 그러는 거지."

"정말 염소 배 속에 하늘의 돌이 들어 있어요?"

"그럼! 다른 놈은 몰라도 저 숫염소 배 속에는 들었을 거야. 저놈은 나이가 아주 많거든."

할아버지는 연이를 보며 환하게 웃었습니다.

할아버지 말처럼 숫염소 배 속에 하늘의 돌이 들어 있을지도 모릅니다. 그러면 숫염소는 정말 할아버지를 하늘나라까지 데려다 주었을 겁니다.

'혹시 염소가 나를 할아버지한테 데려가려는 건 아닐까?'

그런 생각이 들자 연이는 무서워졌습니다. 아빠 엄마, 할머니의 얼굴이 스치고 지나갔습니다. 연이는 염소를 그만 따라가기로 마음먹었습니다.

그런데 숫염소가 갑자기 발걸음을 빨리해서 산 위쪽으로 달려갔습니다. 산 위로 검은 연기가 뭉게뭉게 솟아오르는 것이 보였습니다. 순간, 할머니가 산불이 났다고 한 말이 떠올랐습니다. 연이는 가슴이 덜컥 내려앉았습니다. 염소는 산불이 난 쪽으로 달려간 겁니다.

"염소야, 돌아와! 그리 가면 안 돼. 산불이 났단 말야!"

연이는 자기도 모르게 염소가 사라진 쪽으로 뛰기 시작했습니다. 숨이 차서 몇 번을 쉬었습니다.

"메헤헤헤, 메헤헤헤, 메헤헤헤."

한참을 올라가다 보니까 염소 우는 소리가 들렸습니다. 다급하게 계속해서 울고 있었습니다. 연이는 소리 나는 곳을 향해 올라갔습니다.

염소는 길가의 물웅덩이에서 울고 있었습니다. 왔다 갔다 하면서 울어 대는 게 몹시 불안해 보였습니다. 물웅덩이 위쪽 작은 골짜기에서 졸졸졸졸 물이 흘러내렸습니다. 평소에는 물이 많이 흐르는데 비가 너무 안 와선지 물줄기가 약했습니다. 물웅덩이 옆으로는 숲 속 도로 밑으로 배수관이 묻혀 있습니다. 커다란 시멘트 관입니다.

"염소야, 괜찮아. 이제 나하고 내려가면 돼."

연이는 줄을 염소의 목줄에 걸고 웅덩이 밖으로 잡아당겼습니다. 염소는 나오기 싫은지 꼼짝도 하지 않았습니다. 오히려 염소가 왔다 갔다 하는 바람에 연이가 엎어졌습니다. 무릎이 아프고 손바닥은 긁혀서 피가 났습니다. 연이는 화가 나 소리쳤습니다.

"바보야, 여기 있으면 죽어! 산불이 났단 말이야!"

막대기를 주워 염소의 궁둥이를 때렸습니다.

"메헤헤헤, 메헤헤헤, 메헤헤헤."

염소가 더 거칠게 왔다 갔다 하는 바람에 연이는 엉덩방아를 찧었습니다.

"빨리 내려가야 돼. 가야 된단 말이야, 이 바보야!"

연이는 꽥 소리쳤습니다. 그러고는 울음을 터뜨렸습니다.

할머니는 가쁜 숨을 몰아쉬며 숲 속 도로를 따라 올라갔습니다.

"연이야! 이 녀석이 도대체 어디까지 간 거야?"

할머니는 숨이 차서 잠시 다리쉼을 했습니다. 머리에 두른 수건을 풀러 땀을 닦았습니다.

"어이구, 다 늙은 거야 이제 어찌 되도 상관없지만 우리 연이는……."

할머니의 눈에 눈물이 맺혔습니다. 수건에 코를 팽 풀고 다시 걸음을 옮겼습니다. 마음은 급한데 발이 따라 주지 않았습니다.

"메헤헤헤, 메헤헤헤, 메헤헤헤."

어디선가 희미하게 염소 우는 소리가 들렸습니다. 할머니는 얼굴이 환해져 걸음을 빨리했습니다.

오래 전에 은수네가 살았던 집터가 보였습니다. 지금은 낙엽송 밭이 되어 있습니다. 염소 우는 소리는 그 집터 아래에서 들려왔습니다. 은수네가 물을 떠먹던 곳입니다.

"메헤헤헤, 메헤헤헤, 메헤헤헤."

염소 우는 소리 사이로 연이의 울음소리도 섞여서 들려왔습니다.

"연이야! 아이고, 이것아."

연이는 물웅덩이에 주저앉아 있었습니다. 염소가 그 곁을 불안하게 왔다 갔다 합니다.

"할머니…… 염소가 안 내려가려고 그래. 빨리 끌고 가…… 할머니."

연이는 참았던 울음보따리를 왕 풀어 놓았습니다.

"응, 괜찮다. 괜찮아. 염소가 제 살 데를 찾아온 거야. 아래 쪽에도 산불이 번졌어. 저리 들어가자. 불 피하기는 안성맞춤이구나."

할머니는 연이와 염소를 데리고 시멘트 배수관 안으로 들어갔습니다. 위잉 바람 소리와 탁탁거리는 소리가 들렸습니다. 산불이 가까이 올라오고 있는 모양입니다.

시멘트 배수관 안에는 발뒤꿈치를 적실 만큼 물이 졸졸 흐르고 있었습니다. 할머니는 가져온 옷과 수건을 물에 적셨습니다.

"이 수건을 입에 대고 옷은 머리에 뒤집어써."

"할머니는?"

"내 걱정은 마라."

산불이 가까이 오는지 타는 냄새가 났습니다. 연기도 조금씩 스며들어 왔습니다. 할머니는 연이를 꼭 끌어안고 옷을 씌워 주었습니다. 연이는 염소 묶은 줄을 꼭 움켜쥐었습니다. 염소는 메헤헤헤 울며 불안해했습니다.

밖에서 뜨거운 기운이 훅 끼쳐 왔습니다. 연이는 매운 연기 때문에 기침이 났습니다. 할머니도 쿨룩거렸습니다. 연이는 할머니 가슴에 얼굴을 묻고 있었습니다. 졸음이 밀려와 정신이 흐려졌습니다.

염소가 줄을 자꾸 잡아당겼습니다. 연이는 둘러쓴 옷을 벗었습니다. 눈이 휘둥그레졌습니다. 염소의 배에서 환한 빛이 퍼져 나오고 있었습니다.

"와! 하늘의 돌이다."

연이가 소리쳤습니다.

"그래, 하늘의 돌이야."

염소가 말을 하다니. 연이는 눈이 더 동그래졌습니다.

"그럼 네가 정말 비도 부르고 바람도 부를 수 있어?"

"그럼, 당연하지. 산불 같은 건 걱정할 필요 없어. 내가 비와 바람을 불러내면 되니까."

염소가 웃었습니다. 그러자 염소의 배에서 비치던 흰빛이 염소의 온몸으로 퍼졌습니다. 까만 염소가 아주 하얀 염소가 되었습니다. 갑자기 차가운 물방울이 후두둑 연이의 얼굴에 떨어졌습니다.

연이 아빠는 해안 도로에서 동네로 들어가는 샛길로 빠져나왔습니다. 산을 태우며 올라가는 불길이 눈에 들어왔습니다. 연이 아빠는 마음이 급해져 차를 빠르게 몰았습니다. 전경들이 동네로 들어가는 길목을 막고 있었습니다. 연이 아빠는 끽 소

리를 내며 차를 세웠습니다.

"못 들어갑니다."

전경이 다가와 무뚝뚝하게 말했습니다.

"저 지근리 골짜기에 어머니하고 우리 딸이 있어요."

"지금은 위험하니 외부인은 들여보내지 말라는 지시입니다."

"산에는 안 올라갈 거예요. 어머니하고 딸이 죽었나 살았나 알아야 할 거 아니요!"

연이 아빠는 핏대를 세웠습니다.

"어, 두만이구먼. 우리 동네 사람 맞아요. 나도 마을 회관에 갈 일이 있는데 같이 가면 되겠구먼."

이장 아저씨였습니다. 연이 엄마가 뒷자리로 가고 이장 아저씨가 운전석 옆에 탔습니다.

"우리 어머님하고 연이…… 무사히 피했겠죠?"

연이 아빠가 다급하게 물었습니다. 이장 아저씨가 창밖으로 눈을 돌렸습니다.

"우리 연이 무사하죠?"

연이 엄마가 다그쳐 물었습니다.

"그게 워낙 바람이 심해서…… 산불이 날아다녀. 도무지 예측을 할 수 있어야지……. 허 참, 비라도 시원하게 쏟아지면 좋으련만……."

이장 아저씨는 슬그머니 말머리를 돌렸습니다. 차창에 빗방울이 드문드문 떨어졌습니다.

"그게 말이 돼요? 우리 집이 몇 십리라도 됩니까? 어떻게 노인 양반하고 어린것을……."

연이 아빠는 울컥합니다.

"미안하네. 이번 산불은 꼭 도깨비 같아. 계곡 아래쪽부터 불이 번지리라곤 상상도 못 했어."

이장 아저씨가 풀 죽은 소리를 했습니다.

"아이고 우리 연이, 우리 어머니……."

연이 엄마가 울음을 터뜨렸습니다.

"그럼 빨리 찾아보기라도 해야죠."

"산불이 거기는 벌써 지나갔을 테니까 갈 수 있을 거야. 동네 젊은 사람들하고 올라가 보세."

연이 아빠는 마을 회관 앞에 차를 세웠습니다.

"당신은 내려요."

연이 아빠가 연이 엄마를 돌아보았습니다.

"나도 갈래요."

연이 엄마가 굳은 표정으로 말했습니다.

"장정들끼리 가는 게 일이 빨라요."

이장 아저씨가 한마디 하고는 차에서 내렸습니다. 이장 아저씨는 금방 아저씨 서넛을 데리고 왔습니다. 아저씨들이 차에 괭이며 삽 같은 것을 실었습니다. 연이 엄마는 마지못해 차에서 내렸습니다.

계곡을 조금 올라가다가 차가 섰습니다. 아름드리나무가 쓰러져 길을 막고 있었습니다. 아직도 여기저기서 연기를 뿜고 있었습니다. 거기서부터 오백 미터 정도만 가면 연이 할머니 집입니다. 연이 아빠는 마음이 급해서 뛰다시피 했습니다. 여기저기서 아직도 연기가 피어올랐습니다.

연이 아빠는 집 마당에 이르러 바닥에 주저앉아 버렸습니다. 집이 자취도 없이 사라졌습니다. 집터 바닥에 시커먼 재만 쌓여 있을 뿐입니다. 소방관 한 명이 잿더미를 뒤지다가 뒤돌아보았습니다. 연이 아빠는 소방관에게 차마 물어볼 수가 없었습니다. 뒤따라온 이장 아저씨가 소방관에게 다가가 이야기를 나누었습니다. 연이 아빠는 가슴이 두근거렸습니다. 이야기가 끝났는지 이장 아저씨가 연이 아빠 쪽으로 왔습니다. 연이 아빠는 눈을 감았습니다.

"자네 어머니가 자네 딸하고 어디로 잘 피하신 모양이네."

이장 아저씨도 큰 짐을 덜었다는 듯 길게 숨을 내쉬었습니다. 연이 아빠는 자리에서 벌떡 일어섰습니다. 가슴속에서 뜨거운 것이 타오르는 것 같았습니다. 오늘 연이 엄마 전화를 받은 뒤 처음 느껴 보는 희망입니다. 마침 비가 쏟아지기 시작했습니다.

"그럼 얼른 찾아봐야죠."

"그래야지. 이놈의 비 진즉 좀 쏟아지지. 여기서 불을 피할 만한 데가 어디일까?"

이장 아저씨가 동네 아저씨들을 둘러보았습니다.

"개울하고 도로에 묻혀 있는 배수관 외에는 없을 것 같은데요."

가겟집 아저씨가 말했습니다.

"그럼 세 명씩 나누지. 한 조는 개울을 따라 올라가며 찾아보고, 한 조는 숲 속 도로를 따라 올라가며 찾아보세. 찾으면

서로 큰 소리로 불러. 랜턴은 가져왔나?"

"예."

연이 아빠는 이장 아저씨, 가겟집 아저씨와 한 조가 되어 숲 속 도로를 따라 올라가며 외쳤습니다.

"연이야! 연이 할머니!"

두 사람을 부르는 소리가 계곡을 울렸습니다. 할아버지 집 근처를 지나는데도 찾을 수가 없었습니다. 연이 아빠는 초조해지기 시작했습니다.

"저 위 먼 곳까지 갔을까?"

이장 아저씨가 발걸음을 멈추고 산 위쪽을 바라보았습니다.

"그럴 수도 있죠."

연이 아빠가 못을 박듯이 말했습니다.

"어쨌든 가 보세."

이장 아저씨가 앞장서서 다시 올라갔습니다.

"잠깐, 염소 우는 소리 같은데?"

가겟집 아저씨가 발걸음을 멈추고 귀를 세웠습니다.

"산불이 났는데 무슨 염소가……."

이장 아저씨도 중얼거리다 귀를 세웠습니다.

“메헤헤헤.”

분명히 염소 우는 소리였습니다.

“저놈, 할아버지가 기르던 그 숫염소인데요? 우리 연이가 무척 좋아했는데…….”

연이 아빠는 말을 하다 뛰기 시작했습니다. 염소 우는 소리가 점점 분명해졌습니다. 연이 아빠는 물웅덩이로 뛰어내렸습니다. 배수관 속은 어둑어둑했습니다. 하지만 염소의 두 눈은 또렷하게 보였습니다. 배수관 벽에 붙어 있는 거무스레한 형체도 보였습니다. 쿨룩쿨룩 힘없는 기침 소리가 들렸습니다.

“어머니! 연이야!”

연이 아빠는 연이 할머니를 끌어냈습니다. 가겟집 아저씨와 이장 아저씨가 연이와 염소를 끌어냈습니다. 연이 아빠는 연이 할머니를 업고 물웅덩이 밖으로 나왔습니다.

“아비냐……? 연이는?”

연이 할머니가 희미한 목소리로 물었습니다.

“괜찮아요.”

연이는 가겟집 아저씨가 업고 나왔습니다. 빗방울이 연이의 얼굴에 닿았습니다. 연이가 쿨럭 기침을 하며 깨어났습니다.

"염소는?"

연이가 두리번거렸습니다.

"걱정하지 마라. 내가 데리고 갈 테니. 자네들 먼저 내려가게. 우선 마을 회관에 모셔."

이장 아저씨가 말했습니다.

"아빠, 염소가 살렸어. 할머니하고 나…… 쿨럭."

연이가 중얼거리고는 가겟집 아저씨 등에 고개를 묻었습니다. 연이 아빠와 가겟집 아저씨는 빗속을 달리다시피 합니다. 빗물인지 눈물인지 모를 물방울이 연이 아빠의 얼굴을 적시며 흘러내렸습니다. 연이 아빠는 연이 할머니가 하나도 무겁지 않았습니다. 연이와 연이 할머니만 있으면 무엇이든지 할 수 있을 것 같았습니다.

'가방끈'을 생각하며

'가방끈'은 나 혼자서 붙인 한 여중생의 별명입니다.

내가 글 쓰러 다니는 작업실은 깊은 산속에 있습니다. 시외버스가 다니는 길에서 삼십 리는 더 들어가야 하니까 두메 산골이지요. 학교 공부 마치는 시간에 차를 몰고 작업실로 가다 보면 으레 학교 끝나고 집에 가는 중학생들이 태워 달라고 손을 듭니다. 내가 태워 주지 않으면 십 리나 이십 리를 걸어가야 하니 특별한 일이 없는 한 태워 줍니다.

한번은 여학생이 혼자 가다가 손을 들었습니다. 차를 세우자 그 여학생은 운전석 옆자리에 올라탔습니다. 그런데 손으로 가방의 손잡이 부분을 애써 가리고 있었습니다. 너무 열심히 가리고 있어서 오히려 눈길이 갔지요. 흘깃흘깃 살펴보니 나달나달해진 가방끈이

닳다 못해 끊어져 있었습니다.

"저 이 학교에서 일등 해요."

내가 눈치챈 걸 알고는 그 여중생이 얼굴이 빨개지며 불쑥 말을 꺼냈습니다. 자기는 얼마 전 서울에서 전학 왔다고 했습니다. 곱상하고 착해 보이는 그 여학생은 할아버지와 단둘이 살고 있는데 자기가 밥도 하면서 공부도 얼마나 열심히 하는지 이야기했습니다. 시골에 있는 대부분의 아이들이 그렇듯이 그 여학생도 부모가 실직하거나 사업이 잘 안되어 할머니 할아버지에게 맡겨진 아이였던 것이지요. 나는 잘못 대답했다가는 아이가 울어 버릴 것만 같아 묵묵히 이야기를 듣기만 했습니다.

아이엠에프가 지난 지 오래고 금융 위기도 지났건만 시골에서 만나는 아이들은 여전히 그렇게 할머니 할아버지에게 맡겨진 경우가 대부분입니다. 이제는 실직과 사업의 실패가 일상적인 일이 되고, 시골은 갈 데 없는 아이들을 맡아 주는 곳이 된 모양입니다. 이 책에 실린 이야기들은 모두 시골의 할머니 할아버지에게 맡겨진 아이들의 이야기입니다.

하지만 이 이야기들이 그 아이들만을 위해서 씌어졌다고 생각하지는 말아 주기 바랍니다. 좀 엉뚱하게 들리겠지만, 이 이야기들은 주로 도시의 부모님 밑에서 따뜻하게 잘 지내는 아이들을 위해서 쓴 것입니다.

동물과 구분되는 사람의 특성은 생각하고 상상한다는 데 있을 것입니다. 상상하는 힘이 있기 때문에 다른 사람도 자기와 같은 존재로 상상할 수 있습니다. 다른 사람을 자기와 같은 존재로 상상하면 다른 사람에 대한 공감, 연민, 동정이 가능해지지요. 그리고 이런 공감, 연민, 동정의 능력이 사람과 사람을 묶어 사회와 나라를 만들어 내는 것입니다. 만일 이런 능력이 사라진다면, 사회는 그저 강한 자가 약한 자를 잡아먹는 정글로 변하고 말아 결국 모두가 불행해지고 말 것입니다. 공감하는 능력, 우리는 그것을 잃지 않기 위해서 다른 사람의 이야기를 읽습니다.

요즘도 나는 작업실에 갈 때마다 혹시 가방끈이 지나가고 있지 않은지 길을 살피곤 합니다. 하지만 그 뒤로 한 번도 가방끈을 보지 못했습니다. 그 아이는 지금 어떻게 지내고 있을까요?

김진경